容疑者圏外

(『疑惑』改題)

小杉健治

祥伝社文庫

目次

第一章　姿なき声　5
第二章　再会　69
第三章　夫の過去　139
第四章　濡(ぬ)れ衣(ぎぬ)　212
第五章　帰ってきた男　279
解説　大矢博子(おおやひろこ)　354

第一章　姿なき声

1

　二月末の夜のことだった。強い風が古いアパートの戸を激しく叩きつけるように吹いていた。

　電話のベルが鳴っている。机に向かっていた伊津子は、鉛筆を置くとあわてて椅子から立った。

　電話は玄関に近い廊下にある。伊津子は受話器を握った。

「はい、立花です」

　新婚間もない伊津子は最近になってやっと、立花ですという言葉が自然と出るようになった。

「もしもし」

相手がすぐに喋らないので、伊津子は呼びかけた。

「だんなを頼む」

わざと押し殺したような声が耳に届いた。

「どちらさまですか？」

伊津子は長い髪をかきわけてから訊ねた。しかし、相手はそれに答えず、

「まだ帰っていないのか？」

と言ってから、わざとらしく大きく舌打ちした。伊津子は細い眉をひそめた。

「じゃあ、これだけ伝えてくれ。計画は予定どおりだと」

男はくぐもった声を出した。

「計画？　そう言えばわかるのですか？」

「そうだ」

「あの、どちらさまでしょうか？」

伊津子はもう一度きいた。

「奥さんには関係ない」

そう言って、相手は電話を一方的に切った。

伊津子は机にもどった。二十八歳の伊津子は短大を卒業してからコンピュータメーカーに就職し、以来、プログラマーとして、八年のキャリアがあった。結婚退職したあとも、勤めていた会社の仕事を手伝っている。

鉛筆を手に持って、プログラミングの続きをはじめようとしたが、電話の男のいやな声が耳鳴りのように残っている。

（あの男は誰かしら）

男の態度も不愉快だったが、それ以上に、夫と男の関係が気になった。

伊津子は文彦と一年前に、原宿の『亜里』というスナックで知り合ったのである。文彦は伊津子の顔を見て少し驚いたような表情をした。伊津子が文彦の知っている誰かと似ていたのかもしれないと、その時に思った。その見知らぬ女性と競うかのように、伊津子の気持ちは文彦に急速に傾いていった。どちらかというと、伊津子のほうが積極的だったかもしれない。伊津子の願いがかなって、今年の一月末に結婚したのである。

十時過ぎに、夫が帰ってきた。伊津子もちょうど仕事の区切りをつけたところだった。

「お帰りなさい」

伊津子は急いで出迎えた。夫は背が高くやせ型で、眼窩の深い顔は暗い印象を与えていた。伊津子はその翳のある雰囲気にひかれたのかもしれない。

「さっき、へんな男の人から電話があったわ」

夫の背広とネクタイを洋服ダンスにしまってから、伊津子は言った。パジャマ姿に着替えた夫は、やせて頬骨(ほおぼね)の出た顔を伊津子に向けた。

「計画は予定どおりだと伝えてくれって」

伊津子が言うと、夫は首を傾(かし)げた。

「なんだか感じの悪いひとだったわ」

夫は何も言わずに洗面所に向かった。

伊津子は台所に行って食事の支度をした。食膳(しょくぜん)の準備が出来ても、夫はなかなか居間に入って来なかった。伊津子は不思議に思って、洗面所に様子を見に行った。夫は鏡の前に立っていた。別に自分の顔を見ているわけではないようだ。

「あなた、どうしたの？」

伊津子は声をかけた。夫がはっとしたように顔を向けた。

「何でもない」

夫はあわてたように言った。夫のそんな様子をいぶかしく思った。

夫が食卓に座ったとき、もう一度、電話の件を持ち出した。

「計画って何なの。あの人だれ？」

「いたずら電話だ」

いつも口数の多いほうではないが、夫は妙にだまりこくっている。

伊津子は夫のことについてはほとんど何も知らない、と言ってもよかった。彼の両親は早くに亡くなっていて、兄と姉がいるらしいが、親戚の家できょうだいばらばらに育てられたらしい。そういう生い立ちが、彼の暗い性格を育てたのかもしれないが、それより伊津子は気になることがひとつあった。

結婚式に、彼は親戚をだれも招待しなかったのである。実の姉が出席しただけで、もう一人の血を分けた自分の兄を、文彦は招かなかった。

結婚式が終わった夜、母親が心配して伊津子にそのことを訊ねた。しかし、伊津子もその理由は教えてもらっていなかったので、母親に対して気まずい思いをしたことを覚えている。

新婚旅行で九州へいったとき、ホテルで夫にきいたことがある。

「お兄さんをなぜ呼ばなかったの？」

すると、夫は落ち窪んだ目をさらに曇らせて、

「兄は四年前に死んだんだ」

と、ぽつりと言った。

「自殺だった……」

それきり、夫は口を閉ざした。その表情は苦しそうに歪んでいた。伊津子も何もきけなかった。夫の様子にそれ以上の追及を拒むような厳しさがあったのだ。

兄の自殺。それが、夫に大きな翳を落としているのかもしれなかった。

新婚旅行が終わってから、板橋のこのアパートで新婚生活がはじまった。夫はやさしかった。無口で不器用だが、夫なりに精いっぱい妻を愛していることはわかった。

夫には知られたくない過去があるようだ。だが、伊津子は夫の過去を気にしないようにした。たとえ、夫に何があろうと、伊津子が夫を愛する気持ちは変わらないのだ。だが、男の電話は、伊津子に不吉な予感を抱かせていた。

翌日の午後、伊津子は渋谷にあるハニーコンピュータサービスという会社に出かけた。つい三カ月前まで、伊津子はこの会社に勤めていたのである。

新しいビルの中の事務所に、冬の陽が差しこんでいた。伊津子は、受付の横にある応接セットで、設計担当者と会った。

プログラム仕様書を広げ、前夜に見つけた不明箇所について確かめる。打ち合わせが終わったとき、プログラム開発課から佐野きく江が顔を出した。

「お茶でも飲みましょうよ。眠くて、少しさぼらないと」

きく江が丸い顔をほころばせて言った。彼女は一児の母親だが、子供を保育所に預けて仕事を続けていた。

ビルの地下にある喫茶店に、きく江といっしょに入った。

「どうしたの？　浮かない顔つきして」

コーヒーにミルクを落としてから、きく江がきいた。

「うん、ちょっと」

伊津子はあいまいに答えた。きく江はふと顔を上げて、

「そうそう、この前、上島さんに偶然会ったわ。電車の中で」

と、言った。

「上島さんと？」

伊津子は眉を寄せてきいた。

上島公一は夫の同僚で、夫とはじめて会ったときも、上島がいっしょだった。

「あのひと、あなたのこと気にしていたわ。まだ、あなたに未練があるのかな」

きく江が言った。立花との結婚を告げたとき、上島が顔面を蒼白にして言葉もなく伊津子を睨みつけていたのを思い出した。

それ以来、夫と上島との仲も疎遠になっていったようだった。結婚式にも、上島は来なかった。

「上島さん、あなたがきっと不幸になるなんて言っていたわ。いやね、まだ、ぐずぐず言ってるのよ」

きく江はひとりごとのように、そう呟いた。

その後、あの男からの電話はなかった。伊津子もすっかり忘れていたが、三月十三日の夜になって、再び、電話がかかってきた。

帰宅した夫が風呂に入っているときだった。伊津子は受話器をとった瞬間、不快な声に顔をしかめた。

「立花さんを頼む」

あのくぐもった声だった。

「今、お風呂に入っています」

伊津子は思わず声を高めて言った。

「あなたは主人とどういう関係なんですか？」

相手が答えるまで、少し間があいた。

「仲間だよ」

「仲間？　何の仲間なんですか？」

「奥さんは、よけいな口出しはしなくていい。だんなに、いよいよ明日だと、伝えてくれ」

「明日？　明日とはどういう意味なんですか？」

伊津子はきき返した。そのとき、背後に人の気配がした。夫が頭をバスタオルで拭きながら立っていた。

夫はすぐに受話器を伊津子から奪うようにしてとった。

「もしもし」

夫は受話器に向かって叫んだ。伊津子は夫の背後に立って耳をそばだてた。

しかし、電話はすでに切れていたようだった。

「なんだ。ばかにしやがって」

夫は乱暴に受話器を置いた。夫がほんとうに腹を立てたのか、伊津子の手前があって演技をしたのか、わからなかった。

その夜、伊津子は外の風の音と電話の声とが頭の中で交錯して、なかなか寝つかれなかった。

朝になった。いよいよ明日だ、という男の言葉が気になってならない。

「ゆうべの電話、あれ何なの？」

出がけに、伊津子はたまらずに確かめた。

「イタズラだ。相手にするな」

文彦は取りあおうとしない。夫の後ろ姿を見送りながら、伊津子は胸騒ぎがなかなか収まらなかった。

2

三月十四日の昼ごろ。

暦の上では春だが、まだ風は冷たかった。それでも、三月半ばになると、窓からオフィスに差し込む陽差しに、おだやかな温かみが感じられた。

昼近くなって、結城静代は何とはなくそわそわしてきた。何度も腕時計を見た。そのたびに、軽いため息をもらした。針の進みがいやに遅く感じられた。

静代は洗面所に立って鏡に向かう。目尻に少し皺があるが、三十三にしてはかなり若い肌だと思う。目はくっきりしていて、丸顔のせいか、おっとりしているように他人からは見えるらしい。しかし、つきあいが始まると、静代の頑固で勝ち気な性格にふれて、たいていの人はびっくりする。

髪型を直し、鏡の中の自分を満足げに眺めてから、席にもどった。

しかし、あいかわらず時間の進みは緩慢だった。

やっと、十二時半になって、静代は机の上の資料を片づけはじめた。まだ、ほかの若手弁護士は書類を書いていた。

机の上を片づけ終わったとき、女子事務員が近づいてきた。

「結城先生、佐田先生がお呼びです」

「そう。すぐ行くわ」

と、静代は答えてからすぐに腕時計を見た。さっき見たばかりだから、時刻を知るためではなかった。佐田弁護士の話がどれだけかかるか気になったのである。東京駅まで四十分と見ておけばいいから、まだ時間はある。しかし、用件が長引くようだと困るなと思った。

静代は佐田弁護士の執務室に向かった。扉をノックすると、内から声がした。

扉を開けると、佐田は書きものをしていた手をやすめ、

「すぐ終わるから」

と言って、再びペンを走らせた。静代は近くの椅子をひき、執務机の脇に腰を下ろした。壁の時計がどうしても気になる。

やっと、佐田はペンを置いた。しかし、すぐに口を開くわけではなく、眼鏡をゆっくりと外した。静代は再び時計に目をやった。

佐田は眼鏡のレンズを拭いて顔にかけ、そして、すぐに眼鏡を外すとまた拭きはじめる。静代は、少し焦れてきた。

「何か？」

催促するように、静代は声をかけた。佐田は五十過ぎの温厚な顔に、ためらいを見せた。静代は、おやっと思った。こんな顔はめったに見ることはなかったからだ。

佐田は眼鏡をテーブルに置いて顔を向けた。静代は一瞬背筋を伸ばした。佐田が改まった感じだったからだ。

「ここに来て、どのくらいになるかな」

佐田が問いかけるように言った。

「そろそろ三年になります」

「つまり、ご主人と別れて？」

「ええ、三年ですけど……」

佐田弁護士が何を言おうとしているのか、静代は考えた。

「ゆうべ、枝沼くんが家に訪ねてきてね」

いきなり枝沼弁護士の名前が出た。枝沼は、以前にこの事務所の居候弁護士だったが、静代がやって来る前に独立していた。ときたま佐田弁護士を訪ねてくるので、顔馴染になっていた。

「彼も奥さんを亡くして、もう三年になるそうだ。子供が来年小学校だというから早いものだね」

顔を合わせれば冗談を言い合うが、枝沼のプライベートなことまでは関心なかった。しかし、枝沼が妻に先立たれたことは、人づてに聞いて知っていた。

「枝沼くんは三十八歳だし、有能な弁護士だ。人柄だって悪くない」

「ええ……」

佐田が何を言おうとしているのかぴんとこなかった。今までに、静代の前で、佐田がこれほど優柔不断であったことはない。

「枝沼くんをどう思う？」

「どう思うと言われても……」

静代は困惑したように眉を寄せた。

「じつは、枝沼くんは君のことを、つまり、なんだ……」

「えっ？　まさか」

静代は佐田の言わんとしていることを察した。顔が急に熱くなった。

「そういうわけなんだ」

静代が気づいたらしいことを知って、佐田は安心したようにつぶやいた。

「私は、枝沼くんならいいと思っている。子供がいることに抵抗あるかもしれないが、とにかく、彼は君に夢中なんだ」

静代が何か言おうとするのを、佐田は手をあげて制し、

「こんど、一度、三人で食事をしよう」

と、人のよさそうな顔を向けた。

静代は執務室から自分の机にもどった。いきなりの話に静代は戸惑うだけだった。しばらく椅子に座っていたが、やっと気持ちを切り換え、帰り支度をはじめた。

「静代先生、デートですか」

事務員の冷やかすような声が背中に聞こえた。静代は笑みを返すと、新宿（しんじゅく）の甲州街道（こうしゅうかいどう）沿いにある事務所を出て、駅に向かった。

改札の前は待ち合わせの人でいっぱいだった。

東京駅まで切符を買い、静代は改札を入った。東京行きの快速電車からどっと人が降りたが、空いている座席はなかった。

扉の傍に立って、外をながめながら、静代はいつのまにか佐田弁護士の話を思い出していた。何となく憂鬱な、それでいて心が浮き立つような妙な気分だった。

四谷で目の前の席が空いて、腰を下ろした。

枝沼弁護士は有能な男である。背も高く顔だって悪くない。佐田弁護士の言うように、人柄だってなかなかいい。だからといって、結婚の対象と考えたことは一度もなかった。第一、静代は誰とも再婚などするつもりはなかった。

正面の座席には老夫婦が並んで座っている。お互いに何か言い合っている。男のほうがぶすっとして横を向けば、女のほうもぶつぶつ言いながら反対方向に顔を向けて口をとがらせている。それがいかにもわざとらしく、きっと、照れなのではないかと、静代は思った。が、自分にはああいう微笑ましい人生は来ないのだろうか。そう思うと胸が締めつけられ、静代は顔をふたりから背けた。

中央線の快速電車が東京駅のホームにすべり込んだ。まだ、電車が停止しないうちから乗客は扉の傍に集まっていった。

静代は電車が停止してから、おもむろに座席を立った。ホームに出て、腕時計を見た。一時十分だった。ひかりが到着するのは一時二十五分だから、まだ余裕がある。

ゆっくり階段をおり、八重洲(やえす)中央口の改札に向かった。

改札を出ると、「銀の鈴」は待ち合わせの人でいっぱいだった。

静代は柱の横に立った。若い女が、やはり時間を気にしながら改札のほうを見ている。恋人の到着でも待っているのだろうか。

静代の出迎える相手の野本宏治(のもとこうじ)は、三年前まで静代の夫だった男である。現在、広島地検の検事で、三年前に広島に転勤になっている。離婚してからも、ふたりは何回か会ったが、この一年はお互いが忙しすぎて会わずじまいだった。だから、久しぶりの再会になる。

変わったかしら、と静代は久しぶりに会う宏治をあれこれ想像した。

ふいに目の前に人影が現れた。

びっくりして顔を向けると、長身の男が旅行鞄(かばん)をさげて立っていた。

「どうした、そんな顔して？」

その男が、すぐ宏治だと気づかなかった。どこか印象が違うのだ。

「一本早かったんだ」

少し照れたような表情に以前の面影(おもかげ)を見つけ、静代はやっと安心した。被疑者の前では雄弁で如才(じょさい)ないらしいが、静代の前ではぶっきらぼうな男だった。昔と同じ表情を見つけて、静代は胸に熱いものがこみあげた。それを押し隠して、

「お元気そうね」

と、笑顔を作った。

「お食事まだなんでしょう？　私ごちそうするわ」

「大手町(おおてまち)のあの店に行きたいね」

宏治が静代の顔をまぶしそうに見て言った。

「あの店？　『王府館(おうふかん)』？」

静代は言って、すぐに宏治の気持ちに気づいた。『王府館』という中華料理店は、独身時代のふたりのデート場所だった。比較的低料金で味がよく、結婚してからも、たまに食事をしに出かけたものだった。プロポーズを受けたのも、その店でだった。

宏治と結婚して、二年後に流産をし、二度と子供を産めない体になった。そのときのショックが、いったん捨てた弁護士への道に歩ませた。宏治は反対した。検事の妻として家にいて欲しかったようだ。静代が司法習修生の二回試験にパスしたとほぼ同じ時期、宏治が広島地検に転勤になった。

「ぼくといっしょに広島に行くか、弁護士の道を選ぶか」

宏治は強い調子で選択を迫った。それは宏治が静代に対してはじめて見せる意志であった。同じ年だが、静代から見れば年下にしか見えない宏治だった。いつも静代に甘えてばかりいるような男であった。その宏治の、強い口調は意外であった。

しかし、静代は自分を取りもどすためには弁護士の道しかないと考えた。このまま何もしないでいればだめな女になってしまう。そうなったら、きっと宏治から嫌われる。そう思った。静代は迷った末に弁護士の道を選んだ。それが、離婚の引金になったのだ。

並んで歩いている宏治の横顔をちらっと見た。この前会った時にくらべ、少し風格も出てきたようだ。

そのとき、静代はさっき感じた違和感の正体を知った。服装の好みの変化だ。ネクタイが少し派手になっている。ライトブルーに赤のストライプが入っている。そういえば、カフスボタンも銀製だった。

誰かの影響ではないか、と静代は思った。その瞬間から周囲の風景がしらじらしいものになった。宏治には交際している女性がいるに違いない。

こういう日がいつか来ると覚悟していたではないか。何を今さらうろたえる。静代は自分を叱咤した。急に言葉少なになった静代を、宏治は不思議そうに見ていた。

大手町交差点の角のビルの二階に、その店はあった。窓際のテーブルについた。

窓の下に、車の列と人の流れがある。アベックが肩を寄せ合いながら交差点を渡っていった。

「何にしようか」

宏治がメニューをながめながらきいた。

「おまかせするわ」

空腹感がどこかに消えていた。

「あまり食欲ないから、軽いものにして。宏治さんは好きなものを食べて」

宏治はエビを静代のために注文し、自分は鴨の料理を頼んでいた。

食事の間、話は弾まなかった。どうやら静代のほうが意識してしまったようだ。

食事のあと、宏治は何気ない仕種でたばこをくわえた。ライターで火をつける様子を、静代は知らない人間を見るような目つきで見ていたが、

「たばこを吸うようになったの？」

と、きいた。すると、ハッと気づいたように、

「あっ、すまん。つい、うっかりして」

と言って、宏治はたばこをしまおうとした。

「いいのよ。ただ、以前はたばこを吸わなかったから」

ここにも、別な宏治がいた。宏治の口から自分にとって歓迎すべからざる話が出る予感に、再び、胸の奥が締めつけられるような痛みが走った。

宏治は何か話があるのではないか。突然、広島から出てきたのは、そのためだろう。しかし、宏治はなかなか言い出せないでいた。ためらっていることが、肌に伝わってくる。宏治は、静代が喜ぶようなことは躊躇せずに話しかけてくる。逆の場合は、今のようにおどおどする。そういうところは昔とちっとも変わっていない。

「お話があるんでしょ？」

誘導してやろうと静代は口を開いた。宏治は苦しそうに顔を歪めた。

宏治は生真面目な顔を向けて、

「じつは、今つきあっている女性がいるんだ」

と、小さな声で言った。静代はネクタイに目がいった。胃にきりりと痛みが走ったような錯覚がした。

「今、何て言ったの？」

静代はやっと声を出した。顔が熱くなっていた。

「つきあっている女性が……」

静代の表情に気づいたのか、宏治は言葉を途中で止めた。

　目の前の風景が視界から消え、静代は目眩がした。たとえ、別れても宏治の心の中にいるのは自分ひとりであって欲しい。そう願っているのだ。自分は弁護士の道を歩むために、宏治と別れた。宏治がいやになって別れたのではない。

「その女性から結婚を申し込まれている」

　倒れそうになった静代の体に足蹴りをくらわせるかのように、宏治の声が飛んでくる。

「私に断ることなんてないわ。あなたはあなたの人生を歩んで」

　静代は心と反対のことを口に出した。なぜ、やめて、と言えないのだろう。やめてとすがれば、宏治は結婚を断ってくれるかもしれない。見栄などかなぐり捨て、宏治にすがればいいのだ。

「君は結婚しないのか?」

　静代はふいをつかれたように顔を上げた。

「結婚?　私はもう結婚なんて……」

　この世に男はあなたしかいないのよ、という言葉を静代は喉の奥にもどした。

「君もいい人ができたら再婚して幸せをつかんで欲しい」

　その言葉がどんなに残酷なことか、あなたはわかっているの、と宏治に言ってやりたかったのだが、静代はかろうじて思いとどまった。

静代は窓の外に目をやった。交差点の信号が青になり、車がいっせいに走り出した。

不思議な因縁だと思った。宏治に再婚話があるようだが、自分のほうにも同じような話が持ち上がっている。

(宏治が再婚する。どうしよう)

胸が痛いほど波打った。宏治に別れ話を持ち出したのは自分だったのだ。宏治がほかの人と一緒になるのは彼の自由ではないか。

それなのに、なぜ、自分はこんなにも取り乱すのか。静代は自分を叱った。宏治が再婚するなら、素直におめでとうと言ってやればいい。

しかし、静代の気持ちは揺れ動いていた。もっと素直になるべきだ。自分に正直になるべきだ。今、結婚をやめてと言わないと、きっとあとで後悔する。身勝手な女と言われてもいい。結婚しないで、と言おうと、静代は心に決めた。

静代が窓の外から宏治に視線をもどし、思い切って口を開こうとしたとき、サイレンの音が聞こえた。

サイレンの音もけたたましく、パトカーが何台も窓の下の永代通りを日本橋方面に走り去って行く。

「何かあったようだな」

宏治は冷静な検事の顔になって、窓の下をながめた。静代は無意識のうちに腕時計を見た。午後三時過ぎだった。大事件の発生を思わせるようなサイレンだった。

その後、ふたりはそれまでの会話にもどることはなかった。

3

夕方、静代は宏治と別れ、東京駅から中央線の快速電車に乗った。静代の家は国分寺（こくぶんじ）にある。すっかり空は暗くなっていて、街の灯（ひ）が白く輝いていた。静代は車窓から、家々の明かりを眺めた。宏治は東京地検時代の先輩検事の家に泊まることになっているらしい。宏治と夕飯を食べて、お酒を呑（の）む楽しみも、静代にはかなえられなかった。夜を自分のために空けてくれなかった宏治をうらめしく思った。

宏治と別れてまで選んだ弁護士の道は決して間違っていたとは思えない。しかし、心の中にぽっかり空いた隙間（すきま）に冷たい風が入り込むのを防ぐことは出来なかった。

今もその隙間風が心の中に吹いていた。それは、宏治の再婚話という衝撃によって増幅された冷たい風だった。

国分寺に着いた。途中スーパーで買物をして、猫（ねこ）二匹が待っている借家に帰ったのは、七時前だった。鍵を鍵穴に差しこんでガチャガチャやっていると、ドアの向こう側に猫の鳴き声がした。

扉を開けると、猫が出迎えた。

テレビのスイッチを入れてから、食事の支度をした。宏治と会ったあとのせいか、ひとりの食事はやりきれない寂しさがあった。膝と脚もとに猫が寄り添っている。その温もりがわずかな救いになっていた。

「きょう午後二時五十分ごろ、台東区池之端一丁目の路上で、猟銃を持った白いマスクの男が東栄銀行委託の現金輸送車を襲撃、現金約一億五千万円を積んだ輸送車ごと強奪、逃走しました」

アナウンサーの声が耳に飛び込んだ。昼間のものものしいサイレンはこの事件だったのかと、静代は思いながら画面を見つめた。もし、この事件がなければ、宏治に結婚をやめるように言えたかもしれないと思うと、静代にとって忌まわしい事件であった。

宏治もこのニュースを先輩の家で観ているかもしれない、と静代は思った。

その同じニュースを、板橋のアパートで立花伊津子が見ていた。

「被害にあった輸送車は、新宿にある東栄銀行本店を午後一時に出発し、現場にさしかかったのが午後二時五十分ごろでした。

犯人はクリーム色のライトバンを運転し、輸送車の前をふさぐようにして、急停車しました。星川警備保障の立花文彦運転手はあわてて急ブレーキを踏みましたが、軽くライトバンに追突するようにして停止しました。すると、ライトバンから白いマスクをした男が飛び出してきて、持っていた猟銃の台尻で窓ガラスをたたき割り、立花運転手と助手席の西川さんを威嚇して車から降ろすと、犯人は輸送車に乗り込み、そのまま千駄木方面に逃走しました。立花運転手がすぐに近くにあるホテルに飛び込み、警察に通報しましたが……」

立花というアナウンサーの声とテレビの画面に夫の顔がアップで映し出されたとき、伊津子はテレビの前にしゃがみ込んでしまった。

奪われた輸送車は午後四時ごろ、上野寛永寺の裏手で発見されたが、現金入りのジュラルミンケース二箱はなかったということである。

伊津子は急いで夫の会社に電話を入れた。電話口に出たのは、女子事務員のようだった。上司の名前を告げた。受話器の向こうからあわただしい雰囲気が伝わってくる。

やっと、結婚式に出席してくれた課長が電話口に出た。

「あっ、奥さんですか。たいへんなことになりましたが、立花くんはかすり傷ですから心配いりません」

課長の興奮した声がよけいに不安をつのらせた。

「現金は奪われてしまったようです。しかし、すぐに警察が包囲しましたから、じきに犯人は捕まりますよ」

課長は言ったが、言葉と裏腹に動揺が伝わってくる。心配かけまいとして話していることがわかった。

「そのうち、立花くんから連絡があると思いますから、家でおとなしく待っていてください。いいですね」

伊津子は電話を切っても、落ち着いていられるわけがなかった。

テレビを他の局にまわし、ニュースを探した。同じような内容でしかなかった。

電話が突然鳴った。夫からだと思った。すぐに受話器をつかんだ。

「もしもし」

実家の母親からだった。

「今、ニュース見たよ」

母親はおろおろした様子だった。

「心配しないで。文彦さんは怪我していないみたいだから」

「ひとりでだいじょうぶかい？」
「だいじょうぶ。お父さんにもそう言っておいてね」
心配している母親をなんとかなだめて、伊津子は電話を切った。家でじっと待っているのはとても辛い。よほど夫のもとにかけつけようかとも思った。しかし、出かけたあとに夫から電話があった場合のことを考えた。
伊津子はゆうべの不審な電話を思い出した。あのときの電話の記憶が不気味な足音をたてて、じわじわと、伊津子に近づいてくる。
〔いよいよ明日だ〕
つまり、きょう何かが起こることを予想した言葉だったのだ。以前にも、
〔計画は予定どおり〕
という電話を受けたことがある。
何者かが、ある重大な計画を立てていた。その実行がきょうだったということになる。

4

現金輸送車襲撃事件の発生から四時間以上経つ。

　同日午後七時三十分ごろ、警邏中の渋谷署のパトカーに乗っていた石本巡査長は不審な男を目にとめた。商店街に入ってきた男がパトカーを見て、いきなり踵を返したのだ。黒いブルゾンに、青いスニーカーを履いていた。

　男は両手をポケットに突っ込み、背中を丸めて足早に離れて行った。

「おい、あの男」

　石本は同僚の巡査に声をかけた。手配のあった現金輸送車襲撃事件の犯人に背恰好が似ている。ハンドルを握っている巡査はゆっくり車を走らせ、男のあとを追った。公園脇で、男の行く手をさえぎるような形で、車を止めた。

　石本は急いで、パトカーからおりた。

「もしもし」

　石本は男に声をかけた。職務質問は、呼びとめた相手の目を見て、不安やろうばいがないかをまず確かめることである。男は立ち止まった。が、顔をうつむけたままじっとしている。酒の匂いがぷんとした。石本が男に再度、声をかけようとしたとき、いきなり男が体当たりをしてきた。石本は体のバランスを崩してよろめいた。その隙に、男は反対方向にかけ出した。

「待ちなさい！」

石本は体勢を立て直して、すぐにあとを追った。

石本の頭に現金輸送車襲撃事件が大きく膨らんでいた。パトカーを運転していた巡査も急いで車から飛び出した。

男は途中で廃品回収業のリアカーにぶつかって路上に倒れた。そこを石本巡査長がとりおさえた。

「何だ。俺が何をしたと言うんだ！」

男は酒臭い息を吐いて大声をはり上げた。

「なぜ逃げたんですか？」

「逃げたんじゃない。先を急いでいたんだ」

「どちらまで？」

「ちょっと友達が交通事故にあって病院に行くところだ」

「何という病院ですか？」

「俺は怪しいもんじゃない。ただ、あそこを歩いていただけだ」

男は興奮してきた。

「そうですか。で、病院の名前は？」

石本はきいた。男はハンカチを取り出して額の汗を拭いた。男は口ごもった。

「ちょっと、近くの交番まで来ていただけませんか？」

「冗談じゃない。俺は急いでいるんだ」

「なぜ、急いでいるんですか？」

「だから、友達が交通事故を起こして怪我をしたんだ。だから、そいつのアパートに行くところだ」

「アパート？　病院じゃないんですか？」

男はうつむいた。

「さあ、交番でゆっくり話を聞きましょう」

石本は男をパトカーに乗せて、近くの交番に連れて行った。

「あなたの名前は？」

交番の奥の部屋で、石本は男にきいた。男は反抗的な態度をくずさない。

「北田（きただ）純一（じゅんいち）」

「北田純一？　どんな字を書くんですか？」

「東西南北の北に田んぼの田だ」

男はふてくされたように言った。職業、住所、生年月日をきいてから、石本は言った。

「すみませんが、持っているものを見せていただけませんか？」

「なぜだ？　そんな権利がそっちにあるのか！」

男はろうばいしながら言った。

「何とかお願いできませんか」

石本は説得した。あくまでも所持品検査は任意の範囲内で行わなければならない。

長い説得をくり返して、男は渋々所持品の検査に応じた。

免許証、ハンカチ、サングラス、時計などに混じって、現金十二万三千円と預金通帳と印鑑、それに刃物とドライバーを持っていた。

「この免許証は誰なんです？　名前は北岡となっていますよ」

石本はきいた。

「すみません。ほんとうは北岡純といいます」

「なぜ、嘘をついたんですか？」

「こんな所に連れてこられて恥ずかしいからね」

「この預金通帳と印鑑はどうしたんです？」

北岡は急にそわそわしてきた。

「伯母さんから預かったんです。下ろすのを頼まれたのです」

「何という名前の方ですか？」

「えっと、岡田です」

「岡田何といいますか？」

北岡は答えられなかった。通帳の名義人は、岡田兼子となっている。通帳にサラ金の領収書がはさんである。五十万円という金額が記されていた。

「これは？」

北岡はわなわなという感じで震え出し、机に頭を突っ伏した。

「すみません。盗みました」

北岡は観念したように言った。石本は男の様子を見ながら、だんだん昂っていた気持ちが冷めていくのを感じた。現金輸送車を襲った男にしては言動がおそまつだ。

世田谷署に問い合わせた結果、きょうの昼間、世田谷区奥沢の岡田三郎方にあき巣が侵入し、現金六十万円と預金通帳が盗まれたという事件が発生していることがわかった。

北岡は世田谷署に移された。岡田方に残っていた指紋が北岡のものと一致して、北岡純は窃盗容疑で逮捕された。

上野北署に設置された現金輸送車襲撃事件の捜査本部では、関係者からの事情聴取が続けられていた。

襲撃時の模様は、運転していた立花文彦が説明した。

「天神下の交差点を抜けたあたりから、サイドミラーにクリーム色のライトバンが見え隠れしてました。不忍通りに入ってもぴったりくっついて来るので、妙に思っていたのですが、いきなりスピードを上げて、輸送車を追い越したと思ったら、前方を塞ぐように前にまわりこんできたのです。あわててブレーキを踏みました。すぐに、ライトバンからサングラスに白マスクの男が飛び出してきたのです」

立花は意外と冷静であった。

「男は窓ガラスを割って、猟銃を突きつけて、私を車から引き摺りおろすと、すぐに運転席に飛び乗ったのです。助手席にはまだ西川さんが乗っていました。男は猟銃の台尻で西川さんの後頭部を殴りつけ、助手席から突き落とすと、すぐに輸送車を発車させました」

「その間、時間的にはどのくらいでしたか?」

「二、三分、いえ、もっと短かったかもしれません」

被害にあった現金輸送車は一週間単位で走行ルートを変えているという。きょうのコースを知っている人間は、本社の管理部の部長や担当者ら七、八名だけだという。あのコースを走る車や乗務員のサイクルは決まっていて、三人のローテーションで行っていると、立花は説明した。

「きょうの乗務は以前からあなたと西川さんに決まっていたのですね？」

「いえ、きょうは違います」

「違う？　どういうことですか？」

「きょうの乗務予定は上島という男でした。それが、急に腹痛になり、私が運転することになったのです」

「じゃあ、あなたが運転することは、いつ決まったんですか？」

「きょうの昼前です」

立花の事情聴取をすませたあと、捜査員は、星川警備保障の管理部長から事情をきいた。

「代わりの運転を立花さんが担当するように決めたのは、あなたですか？」

「そうです」

「すると、あなたが頼まなければ、ほかのひとが運転したかもしれないんですね？」

「いえ、あの輸送ルートのメンバーは上島と立花と西川の三名の担当なんです。ですから、上島が急病になれば立花が代わることになります」

「なるほど」

捜査員はうなずいてから、

「当日の輸送ルートはいつ決められたのですか？」

「輸送ルートは三通りあって、一週間ごとに変えています」

「上島さんというのはどういう方ですか？」

「自動車メーカーのテストドライバーだったのですが、テストコースで事故を起こし、辞(や)めてうちで働き出したのです。もう七年になります」

別の捜査員は蒲田(かまた)にある上島のアパートに向かった。駅裏のごみごみした一画にアパートがあった。スナックやパチンコ屋の裏側の陽の当たらない場所だった。

捜査員がアパートの扉を叩くと、オールバックの頭をぼさぼさにした上島がパジャマ姿で現れた。

捜査員が現金輸送車襲撃事件を告(つ)げると、上島はおおげさに驚いてみせた。

「で、金は奪われたんですか？」

上島は大きな鼻をふくらませてきいた。

「ニュースを見ていないのですか？」

捜査員はきいた。

「ええ、ずっと寝ていたので」

捜査員は上島の表情を窺(うかが)ったが、演技かどうかよくわからなかった。

「きょうの午後、あなたはどうしていたんですか？」

刑事は問い詰めるようにきいた。

「この部屋で寝ていました。腹が痛くて、何回もトイレにかけこんだりしていて、ひどいめに遭いました」

細い目をしょぼつかせて上島は言った。

「この部屋にいたことを証明する人はいませんか？」

刑事は狭い部屋を見回して言った。壁に女優の大きなポスターが貼ってある。

「証明って、ぼくに何か疑いがあるんですか？」

上島は少しムッとしたように厚い唇を突きだした。

「いえ、これは関係者の皆さんにおききしていることなんです。お気を悪くなさらないでください。で、どうなんでしょうか？」

「三時半ごろ、起きて駅前の薬局まで薬を買いに行ったから、そこの主人が覚えているんじゃないかな」

「何という薬局ですか？」

「『健康堂』です。それから、帰ってくるときに、大家さんに会いました」

上島の言うことは薬局の主人と大家が証明した。三時半に、上島が顔を出しているという。事件が起こったのが二時五十分ごろ。上野から蒲田まで逃げて、何くわぬ顔で薬局に顔を出すには三、四十分では難しい。また、上島が襲撃犯ならば、いくら顔を隠しても、声や体の動きから立花や西川は気づくのではないか。

事件から一日が経った。

犯人が乗ってきたクリーム色のライトバンは、足立区の路上から盗まれたものとわかった。窓ガラスを壊して扉を開け、エンジンとバッテリーの配線を針金で直結してあった。ライトバンから、指紋、付着物の検出、遺留品の発見などに努めたが、めぼしい証拠資料は発見されなかった。

また、ライトバン盗難時の目撃者探しも行われたが、あまり期待はできなかった。

犯人は乗ってきたライトバンを放置し、現金輸送車に乗り換えて逃走。現金輸送車は上野寛永寺の裏手に乗り捨ててあった。これについては目撃者がいた。

幼稚園児の母親である。

「子供を連れて通りかかったら、私の車の前に現金輸送車が停まりました。運転席からサングラスに白いマスクをした男がおりてきて、ジュラルミンのケースを持ってオートバイに運んでいました」

犯人はその場所に予めオートバイを置いておいたのである。現場から寛永寺までわずかな距離である。警察が通報を受け、星川警備保障の現金輸送車の手配をしたころには、犯人はオートバイに乗って逃走したあとだった。

放置された輸送車からも、犯人の手掛りは発見されなかった。

午後になって、助手席に乗っていた西川がようやく落ち着きを取りもどしてきた。捜査官は入院先の病院に出向き、事情をきいた。まだ、包帯姿は痛々しいが、ベッドの上に起き上がっていた。

西川はねずみのような、貧相な顔を上げて、捜査員の質問に答えた。

「犯人が現金輸送車に近づいてきて、運転席の扉を開けたとき、『立花じゃないか』ってびっくりしたような声を出したんです」

「犯人は立花運転手を知っていたというんですか?」

「そうです」

「それから、どうしました?」

「私がなかなか車から降りようとしないと、犯人は立花くんに向かって、『立花、その男を早く降ろせ』と言ったようです」

「今の話は確かなんですね?」

捜査員は西川に確かめた。

「そう言われると自信ないのですが……。でも、私は確かにそう聞きました」

西川は後頭部を強い力で殴られているのに、立花が無傷だったのも奇妙なことだったのだ。

立花に対する事情聴取が再度、上野北署で行われた。

立花の正面に座ったのは、大井警部補という四十代前半のごつい顔をした刑事であった。

「犯人は、あなたの名前を呼んだそうですね？」

大井警部補はおだやかな声できいた。立花は瞬間、顔をしかめた。

「いきなり名前を呼ばれたのでびっくりしました。でも、制服の胸にネームプレートをつけていますから、犯人はそれを見たんだと思います」

「どうしてゆうべはそのことを言わなかったんですか？」

「言う必要のないことかと思ったものですから」

「しかし、犯人が名前を呼ぶなんて妙じゃありませんか。犯人はあなたを知っていたんじゃないですかねえ。あなたには心当たりはありませんか？」

「いえ、まったくありません」

「よく、考えてみてください。犯人は運転席にあなたがいることが意外だった。だから、思わず声を出したとは思えませんか？」

立花は何か言いかけたがすぐに口をつぐんだ。

「立花さん、よく考えてみてください」

「わかりません。なぜ、犯人が名前を呼んだのか」

大井警部補は立花の様子を観察しながら、

「それから、犯人はあなたに西川さんを降ろすように命令したんでしょう？」

「ええ、そう言っていました」

「あなたは、犯人に抵抗しなかったんですか？」

「相手は猟銃のようなものを持っていました。だから、何も手出しはできなかったんです」

捜査本部は立花文彦の交友関係を洗った。すると、星川警備保障の立花の同僚で、捜査員に耳うちするように言う男がいた。

「立花さんのところに妙な男からときたま電話があったんです」

「妙な男？」

「はあ。一カ月ほど前から、会社に電話がかかって来ました。わざと押し殺したような声だったので、よく覚えているのです」

捜査員は立花の暗い目を思い出していた。

事件の一カ月前から、会社にいる立花のところに電話をかけてきた男がいた。もし仮に立花が輸送ルートをその男に教えて、その男が現金輸送車を襲ったと考えると、犯人が運転手が立花だと知って声を上げた理由がわかる。ただ、立花の役目はルートを襲撃犯人に教えるだけだったが、突然、現金輸送車を運転しなければならなくなった。そこで、犯人もびっくりして声を上げたという考えも不自然ではない。

捜査本部は立花文彦についての調査をさらにすすめることにした。

5

現金輸送車襲撃事件から十日目の朝。伊津子のアパートの外に車の停まる音がした。

伊津子は椅子に座ったまま耳をすました。やがて、外の階段を上がる音がした。伊津子は文彦と顔を見合わせた。夫は湯飲みをテーブルにもどした。

ブザーが鳴った。伊津子は夫の顔を見ながらゆっくり立ち上がった。扉が叩かれた。伊津子はドアに向かって声をかけた。

「どちらさまですか？」

「警察です。開けてください」

伊津子はドアを開けた。大柄な男がいきなり、顔を覗かせた。その後ろに何人か立っている。

「ご主人はいらっしゃいますか？」

大柄な男が甲高い声を出した。と、同時にその刑事は伊津子の後方に視線を送った。夫が背後に来ていた。

「立花文彦、器物破損容疑で逮捕状が出ている」

文彦は蒼い顔をして、その場に立ちすくんでいた。

「器物破損って何ですか？」

伊津子はきき返した。

「先月の二十日、中野駅前のスナックで、客と喧嘩をして、店内の壁にはめてある鏡を破損した容疑だ」

夫は覚悟していたように、

「支度しますから、少し待っていてください」

と、言った。

「支度を手伝ってくれ」

夫は伊津子に言って、寝室に向かった。その部屋にある洋服ダンスから背広を出して、身支度をととのえる。

「あなた」

伊津子は、ネクタイを結んでいる夫に呼びかけた。

「心配するな。別件逮捕だ。ほんとうは現金輸送車襲撃事件を調べるつもりなんだ。俺は関係ないから心配することはない」

夫はそう言い残して、部屋を出て行った。

「それから家宅捜索をします」

刑事は令状を見せながら伊津子に言った。警察の人間がなだれこんできた。そして部屋の中を手あたり次第にひっくり返し、蹂躙しつくすと引きあげていった。

その日の午後、伊津子も警察に呼ばれた。かばんに夫の下着などを詰めて持って行った。

「ご主人が不審な男とつきあっていることはありませんでしたか?」

「不審な男?」

伊津子はくぐもった声の男を思い出した。顔色を悟られないように、

「そんなことはありません」

「会社のほうにはときどき不審な男から電話がかかってきたらしいんです」

「うちにはそんなことはありません」

そのとき、扉が開いて若い刑事が入ってきた。尋問していた男が立ち上がって、扉の近くに立ってこそこそ話していた。

伊津子は聞き耳を立てた。しかし、話し声は耳には届かなかった。

やっと、刑事が机の前にもどった。が、すぐには口を開かない。刑事は人差し指で机の上を叩いた。

「奥さん、ほんとうのことを言ってくれませんか？　ご主人は男から電話があったと言っているんですがねえ」

刑事はしつこかった。夫は正直に話したのだろうか、と伊津子は考えた。

「変な男から妙な電話が一、二度ありました」

伊津子はため息をついてから正直に言った。刑事の顔がとたんにやさしくなった。

「どんな用件だったんでしょうな？」

「わかりません」

伊津子はいかつい顔の刑事から目をそらしてつぶやくように言った。

「わからないことはないでしょう。あなたは、ご主人の留守中にも電話を受けたことがあるんでしょう？」

「でも、主人はいないと言ったらすぐ切れましたから」

電話の相手が、『計画は予定どおり』とか『いよいよ明日だ』と言ったことは口が裂けても言えなかった。言えば、ますます夫に不利になると思ったからだ。

「ご主人の交友関係をご存じですか？」

「いえ、あの人には友人らしき人はいません」

伊津子は机の上に手をついて、

「主人に会わせてください」

と、頼んだ。

「取調べ中ですから」

刑事は冷たく言った。

夕方に、伊津子は解放された。夫に一目会いたかったが、伊津子はあきらめて警察の玄関に向かった。

上野北署の玄関を出たところで、伊津子は足を止めた。数人の男たちが待機していた。

「東洋日報です。お話を聞かせてください」

伊津子は若い新聞記者をにらみつけて言った。

「お話しすることなんて何もありません」

伊津子はそう怒鳴ると、新聞記者をかき分けるようにして表に出、人込みにまぎれた。

アパートに帰ってくると、近所の主婦が数人、玄関前にたむろしていた。伊津子は急いで部屋に駆け込んだ。

部屋は冷えびえとしていた。明かりを点けると、まだ家宅捜索の名残を留めた乱雑な室内の光景が目に飛び込んだ。伊津子は暖房を入れてから、台所に行って蛇口の栓をひねった。手を差し出すと、冷たい感覚が全身に伝わり、思わず体をふるわせた。

伊津子は、あの電話のことを考えている。計画は予定通り、という押し殺した男の声が、伊津子の耳から離れない。

気がつくと、蛇口から水が出っ放しだった。

翌朝、伊津子が新聞をとるために玄関を開けると、アパートの前で通行人が立ち止まってアパートを見上げていた。伊津子はあわてて新聞をとって部屋の中に駆け込んだ。ドアを閉めても、まだ心臓の動悸が激しく波打っていた。

伊津子は座敷にもどって新聞を広げた。

〔現金輸送車襲撃事件、重要容疑者を取調べ！〕

記事に夫の名前はTとしてあったが、現金輸送車を運転していたと書いてあるから、Tが夫であることは関係者から見れば一目瞭然だった。

伊津子はアルバイトの仕事がまったく手につかなかった。朝から、新聞社やテレビ局からの電話が殺到した。新婚二カ月で、夫が大犯罪を引き起こしたということが週刊誌の恰好のネタになるようだった。

伊津子は差し入れを持って、午後になって警察に出向いた。しかし、夫には会えなかった。

警察の帰り、伊津子は夫の会社に寄った。直属の上司の管理部長に会った。

「奥さんには災難なことでしたね」

眼鏡の縁に手をやって、部長は言ったが、どこかよそよそしい感じだった。

「で、きょうはわざわざどのようなご用で？」

部長は腕時計に目をやってから言った。いかにもほかに用がありげな仕種であった。

「どなたか弁護士さんを紹介していただけないかと思いまして」

伊津子は腹の出た部長に頼んだ。

「弁護士？」

部長はびっくりしたような顔をむけた。そして、冷たい口調で言った。

「弁護士会に電話でもしたらいかがですか。きっと、いい弁護士さんを紹介してくれますよ」

「会社の顧問弁護士さんは優秀な方だとお伺いしていますが？」

「どうして会社が弁護士を用意しなければならないんですか」

部長が本音を剝き出しにして言った。

伊津子は膝頭が震えた。会社は夫を疑っているのだ。

上島に会って帰ろうと思ったが、上島は仕事で外に出ていて留守だった。

その夜、夫の姉から電話があった。

「あなた、弁護士を頼んだの？」

「いいえ」

「そう」

翌日、その義姉が千葉から訪ねてきた。扉の外に立っている女を見て、伊津子はすぐには思い出せなかった。

「まあ、お義姉さん」

義姉とは結婚式で一度会っただけだった。やせて目のつりあがった女だ。

義姉は部屋に入るとすぐに言った。

「警察へ行ってきたわ」

「警察へ？」

「ええ、弁護士さんといっしょに。主人の会社の部長さんに弁護士さんを紹介していただいたから。明日の午後、弁護士さんが弟と会うそうです」

弁護士は身体の拘束を受けている被疑者と、立会人なく接見できるのである。

「そうですか」

伊津子はほっとした。

一斉に咲き誇った桜が春の風に飛ばされ、一枚一枚剝ぎ取られるように枝から宙に舞いはじめた頃、現金輸送車襲撃事件に関して証拠不十分のため夫が警察から釈放された。

警察の玄関から出て来た夫の顔は頰がこけて、目が異様に大きくなり、まるで別人のようだった。

夫は三日ほど休んでから、会社に再び出勤した。朝、伊津子は弁当を持たせて夫を送り出す。そういう生活が再び始まった。しかし、夫には逮捕の後遺症が残っているようだった。伊津子もなるたけそのことにふれないようにした。

ある夜、夫は午前零時過ぎに酔っぱらって帰ってきた。結婚してから、あまり外では酒を呑まなかったが、その夜は珍しいことだった。

翌朝、伊津子が朝食の支度をして待っていたが、夫はなかなか起きて来なかった。

「ねえ、もう時間よ。会社に遅れるわ」

「いい、もう少し寝かせておいてくれ」

夫は不機嫌な声を出した。二日酔いで頭が痛いのだろう。伊津子はコップに水をくんで持っていった。

「さあ、これを呑んで。早く起きないと会社に遅れちゃうから」

「いいんだ。もう会社には行かないんだ」

夫はふとんをかぶったままうるさそうに言った。伊津子は顔をしかめて、

「何よ。今、何て言ったの？」

と、ふとんの上から夫の体を揺すぶった。しかし、夫は何も言わなかった。

九時をまわった。会社の始業時間になったのに、夫はまだ眠っている。

「ねえ、会社に連絡しないでいいの？」

伊津子は夫の耳元できいた。

「うるさい。ほっといてくれ」

夫が乱暴に言った。伊津子はため息をついて立ち上がった。

会社で何かあったのだろうか。伊津子は不安になって、会社の上島に電話で聞いてみることにした。

「ああ、立花くんの奥さん」

上島が電話口で言った。

「あの、妙なことをききますけど、立花は会社で何かあったんでしょうか?」

伊津子は隣の部屋で寝ている夫に気兼ねして小声できいた。

「そうか。彼は喋っていないんですね?」

「えっ、何をですか?」

伊津子の胸が早鐘（はやがね）を打ち、呼吸が苦しくなった。

「立花くん、会社を辞めたんですよ」

「辞めた……」

伊津子は礼を言って電話を切った。ふと、背後に人の気配がして振り返ると、夫が立っていた。

6

結城静代は国選弁護の仕事を引き受けた。窃盗事件である。

被告人は北岡純。三十一歳。

世田谷区奥沢の三共物産専務岡田三郎の家から現金六十万円と預金通帳と印鑑を盗んだという疑いらしい。金庫のダイアルや応接間のドアの把手、それに、壁などから、北岡純の指紋が検出されたという。

静代は東京拘置所で、北岡純と会った。北岡は四角い顔で鼻の大きな男だった。眉が濃く男性的な顔だちである。肌の色は浅黒い。

「弁護士の結城静代です。あなたの弁護を担当することになりました」

面会室で会った北岡に、静代は言った。

「よろしくお願いいたします」

北岡はうつむいたまま言った。

「まず、起訴状に書かれた犯罪事実は間違いないのね？」

「あの通りです」

「あなたは失業中だったの？」

「そうです。今年の一月半ばに勤めていたパブを辞めました」

「どうして？」

「不愉快なことがあったんです。売上金から十万円が無くなっていて、私のせいにされました。金は事務所の机の下に落ちていたんです。私の疑いは晴れましたが、私はがまんできなくて」

北岡は早口に言った。

「どうして、あなたが疑われたのかしら？」

「給料を前借りしたり、サラ金からも借金をしていたからなんです」

「いくら借りていたの？」

「二十万借りたんですが、利子をいれて五十万になりました」

「どうして、お金が必要だったの？」

「義姉が入院したので、その入院費用に」

「そこを辞めてから、あなたは二カ月ほど失業中だったわけね。どうして働かなかったの？」

「風邪ひいたり、少し体調が悪かったのです。それと、少しゆっくりしたいという気持ちもあったのです」

「今度のことで、世田谷の奥沢を選んだのは？」

「私は大岡山に住んでいるので、あの辺りは詳しいんです。岡田さんの奥さんが決まって二時過ぎに、犬を散歩に連れて出るということも知っていましたから」

静代があとで調べたところによると、岡田方は夫婦ふたり暮らしで、昼間は細君だけが留守を守っていた。だいたい毎日、午後二時から二時半ごろまで、細君は近くの公園まで犬を散歩に連れていく。その留守の間に、北岡が忍び込んだようだった。

夕方、静代は事務所にもどった。

静代がこれまで扱った事件は交通事故や離婚訴訟などがほとんどであった。まれに窃盗事件や傷害事件などの刑事事件もあるが、民事事件のほうが多かった。

特に、最近多いのは離婚問題であった。それも、女性側からの離婚が多い。女性自立の時代なのだろう。静代にしても、家庭より仕事を選んだのだ。

静代は北岡純の事件を整理した。

北岡純は昭和三十一年一月二十六日生まれの三十一歳。小田原の海産物問屋の次男として生まれた。小学、中学、高校と小田原市内で過ごし、高校を卒業してから、東京の不動産会社に就職した。ここまでは普通の生活であり、何ら変わったことはない。ところが、三年前、酔っぱらってスナックで客と喧嘩をして、相手に怪我をさせ、警察に逮捕された。執行猶予つきで懲役六カ月の判決を受けたのである。

北岡はその後、新宿のパブでウエイターをしていた。ところが、今年の一月に、店の売上金が無くなっており、北岡が疑われたのである。売上金は別な場所から見つかって、北岡の疑いは晴れたが、このことで店長と喧嘩してやめた。それから、北岡は定職につかず、失業中だったのである。

その夜、静代は佐田弁護士に食事に誘われた。

新橋の割烹料理屋に行くと、枝沼が待っていた。もっとも、佐田がわざわざ食事に誘ったことから、予想はついていた。

「この店のフグ料理は天下一品なんです」

運ばれてきたフグ刺しの大皿を見て、枝沼がうれしそうに言った。枝沼は銀縁の眼鏡をかけ、身につけるものはどれも高級そうだった。線が細くて、いかにも育ちがよさそうな顔だちをしているが、眼鏡の奥の細い目は強い精神の持ち主であることを表わしている。

酒を呑みながら、佐田弁護士がきいた。

「枝沼くんは、今、マスコミ報道と人権の問題について行動しているそうだね？」

「ええ、今のテレビや新聞は警察の一方的な発表をそのまま鵜のみにして報道しているのです。これでは、被疑者の人権なんかめちゃくちゃです」

枝沼は盃を持ったまま声高に喋った。

「そういえば、あの現金輸送車襲撃事件の容疑者が挙がったという新聞報道はいかんね。あれじゃもう犯人一味に決まったような書き方だった。実名は書いていないが、事件翌日の新聞には被害者として実名が出ているんだからね。あわてて、実名を隠しても意味がない。それより、もっと慎重な書き方をすべきだな」

「そのとおりです」

枝沼は大きな声で言った。

「君は、あの被疑者の弁護人を引き受けたんだったね」

「そうです」

「まあ、いずれにしても、枝沼くんは立派だよ。そういう名もない者たちを無償で応援しようというのだから」

佐田が枝沼をほめあげた。枝沼は照れたように盃を口に運んだ。現金輸送車の話を持ち出したのは、枝沼の素晴らしさを静代に教えようとした佐田の演出のような気がした。

「さてと、ぼくはそろそろ失礼するかな」

佐田が腕時計を見て言った。

「あら、じゃあ私も」

静代が言うと、佐田があわてて、

「君はまだいいだろう」

と、静代を制した。

先に佐田が帰り、静代は枝沼とふたりきりになった。とたんに、会話がぎくしゃくしはじめた。

枝沼は自分のことを一方的に話した。雪国の出身で、スキーが得意らしい。女房が死んで料理もうまくなった、と笑った。枝沼の子供は来年小学校に入るらしい。男の子である。男の子には母親が必要だと、枝沼は盃を傾けながら言った。

食事が終わって、その店を出ると枝沼が、

「もう一軒、いいでしょう」

と、誘った。帰っても、猫が待っているだけである。一軒だけなら、と静代は答えて枝沼のあとにしたがった。

近くのバーで酒を呑みながら、静代は、ふと宏治のことを思った。

宏治の相手というのはどういう女性だろうか。宙を見つめて考える静代に、枝沼はしきりに話しかけてくる。

「あなたとふたりで事務所をやっていければいいと思っているんです。結婚をしても、あなたのような女性を家庭に閉じ込めておくなんてもったいない。弁護士として大いに活躍してもらいたいのです」

ふいに、枝沼は宏治を知っているのではないか、という思いがした。

「枝沼さん」

静代は言葉の切れ目に声をかけた。枝沼はグラスを持ったまま、顔を静代に向けた。

「私の夫、いえ、夫だった野本宏治をご存じなんじゃありません？」

静代の言葉に、枝沼は心持ち眉をひそめた。水割りをぐいと呑んだ。

「知っています」

グラスを口から離して、枝沼が言った。

「彼は大学の後輩なんですよ」

「後輩？」

やはり、ふたりは知り合いだったのだ。さっきの枝沼の言葉を聞いて、静代はそんな予感がした。

「お友だちだったのですね？」

「いえ、恩師の家で何度かお目にかかっただけです。それが何か？」

枝沼が逆にきいた。

「ひょっとして……」

静代は言葉を呑んだ。枝沼は戸惑ったような顔で静代を見た。

「いえ、何でもありません」

あわてて、静代は答えた。枝沼は怪訝そうな表情を作った。

「何でも言ってくれませんか」

枝沼はしきりに気にしていたが、静代はそれには応えず枝沼と別れた。

その夜、帰宅してから、静代は広島地検の官舎に電話をかけた。十一時過ぎだった。

すぐに、宏治が出た。

「ごめんなさい。こんなに遅く」

静代は謝った。

「あなたに相談したいことがあるの。東京に来る用事あるかしら。もしなければ、こちらからお伺いしてもいいわ」

「相談？　何だろうな」

宏治は言いながら、

「わかった。来月になったら、ぼくが東京に行く。その時に話を聞こう」

と、すぐに答えた。

その夜、静代は宏治の夢を見た。宏治といっしょに暮らしていたときの夢であった。

7

五月の連休に上京する予定だったが、宏治が広島から出てきたのは五月中旬の土曜日だった。

改札から出てくる宏治の姿を見つけ、静代は手をあげた。二カ月前にも、同じ東京駅で静代は宏治を出迎えたのである。宏治はまぶしそうに静代を見て、

「遅れてしまってすまなかった」

と、謝った。

「こっちこそ、ごめんなさい。遠いのに呼び出したりして」

静代は頭をさげた。

銀座(ぎんざ)で食事してから、神田(かんだ)にあるスナックに行った。ここも独身時代によくふたりで行

った店だった。

「あなたのいい人に会ってみたいわ。写真はないの？」

静代はビールを呑みながらきいた。目の縁がほんのりと赤く染まっていた。静代は酒に強いほうではなかった。

「写真？　持っていないんだ」

宏治はあわてて言った。

「それより君の話を聞こうか。何かいい話でもあったのかい？」

宏治は顔を覗きこんだ。

「そう見える？」

静代はカウンターに片肘(かたひじ)をついて、宏治を横目で見ながらきいた。宏治は戸惑ったように目をそらした。

「正直に言ってちょうだい。あなたは、枝沼さんと何か企(たくら)んだでしょう？」

「枝沼さん？　いったい何を言うんだい？」

宏治はあわてでウイスキーを口に運んだ。氷のふれあう音がした。

「私と会った日、あなたは先輩の家に泊まると言っていたけど、枝沼さんの家に泊まったんじゃないかしら。今夜も枝沼さんの家にやっかいになるんでしょう？」

静代は宏治の顔を見た。

「そうなのね?」

宏治は気弱そうにうなずいた。

「ねえ、どういうことなの? あなたが私を枝沼さんに押しつけようとしたの?」

「ちがう。そういうわけじゃない」

宏治は訴えるように言った。

「じゃあ、どういうことなの?」

「枝沼さんとは、大学の恩師の家で一緒になった。佐田弁護士の事務所にいる君がぼくと離婚したと知ってびっくりしていた。枝沼さんは枝沼さんで奥さんを亡くしたばかりだった。それからしばらく経って、枝沼さんが広島まで訪ねてきてね、こう言ったんだ」

そこで、宏治は息をついた。

「君にプロポーズしたいが許しを得たいってね」

「……」

「ぼくのほうにも、そういう話が出ていたし……」

「嘘!」

静代は強い口調で言った。

「あなたが結婚するというのは嘘なんでしょう。私を結婚させるために芝居(しばい)を打ったんでしょう？」

「ぼくは、そんなに出来た人間じゃない。だから、君も枝沼さんと結婚して幸せになってほしい。枝沼さんと一緒なら、君の望むような人生を送れる」

宏治が本気で言っているのかどうか、静代はわからなかった。

「私、結婚しないわ」

静代は言った。

「枝沼さんはやさしい人だよ。お子さんがいるが、きっと君ならうまくやっていける」

「嘘だわ。あなたは私がまだあなたを愛していることを知っているわ。そして、私が弁護士を続けたいということも」

「その通りだ。ぼくは君を縛(しば)ってしまう。結婚生活と弁護士は両立しないというぼくの考えは変わっていないからだ」

静代はじっと宏治の顔を見つめてから、

「私たち、妥協点はないの？」

と、きいた。宏治は首を振った。

「君が弁護士を辞めない限り無理だ」

「また、三年前と同じ議論になりそう」

静代は自嘲的に笑った。

「君が枝沼さんと結婚さえしてくれれば、ぼくも安心して結婚できる」

「もし、私が弁護士を辞めてもいい、と言ったら?」

「無理だ。それが君の人生だからね。それに、ぼくは子供が欲しかった」

「子供?」

静代の胸に、宏治の言葉が突き刺さった。流産したときのショックが再び蘇った。

「ひどいこと言うのね」

静代は背筋に冷たいものをあてがわれたような震えを感じた。宏治の言葉とも思えない。それからあとは、自分がなにを話し、どのように宏治と別れたか、静代はほとんど覚えていなかった。

静代は家にもどると、急に涙が流れてきた。離婚しても、心の中にいた宏治がついに遠いところに行ってしまったような寂しさに襲われたのだ。

ベッドに突っ伏し、嗚咽をもらした。やはり、宏治をまだ愛しているのだと、静代はあらためて思った。

第二章 再会

1

朝まで降り続けた雨も止(や)み、青空が広がっていた。花の香が漂(ただよ)い、鮮(あざ)やかな緑の色が静代の目に飛び込んでくる。陽差(ひざ)しが強い。

六月はじめの日曜日、静代は枝沼に誘われて横浜(よこはま)までやってきた。外人墓地の脇(わき)を通って、港が見える丘(おか)公園に向かった。アベックや家族連れなど人出が多かった。

枝沼は明るい色のチェックの上着を脱いだ。仕事のときと違ってラフな恰好(かっこう)だが、かなり上質のものを身につけている。ハンカチを出すと、眼鏡をはずして、細面(ほそおもて)の高い鼻梁(びりょう)にうっすらとたまった汗をふいた。

「彼と示しあわせて、君をだましたようで申し訳なかったと思う」

枝沼が眼鏡をかけ直してから、静代の顔をのぞき込んだ。枝沼が、宏治とのことを話したのは、駐車場に車を置いたときだった。首都高速横羽線を下りた頃から、急に口数が少なくなったのは、そのことを話題にするきっかけを考えていたのかもしれない。

「もう、そのことはいいんです」

そう言って、横浜港に目をやった。港に停泊している貨物船の上を細長い雲がゆったりと流れている。

「彼の承諾を得るのが礼儀だと思ったんだ。彼は応援してくれると約束してくれた」

枝沼はくどく言い訳をした。枝沼はやり手でテレビの法律相談の番組にもちょくちょく顔を出している。顔だちも悪くなく自信に満ちた弁舌に、視聴者の評判もいいようだ。その意識が枝沼の言動にも窺えた。

「まあ、ぼくがそれだけ君に夢中だということだ」

そう言って枝沼が静代の肩に手をまわした。静代はその手をさりげなくはずした。ちょっと不満そうに、枝沼は顔をしかめた。

「枝沼さんほどの方が私なんかに夢中になるなんて信じられませんわ」

静代は枝沼のまわりが華麗に彩られていることを知っていた。社長令嬢からクラブホステスや主婦まで、たくさんの女性が、彼のまわりに群がっている。テレビの法律相談を担当するようになって、それがいちだんと華やかになった。だから、かえって逆に自分のような素朴な女にひかれるのかもしれない、とも静代は思っているのだが——。

「自分の魅力をわきまえていない。そんなところが君の魅力かもしれないな」

枝沼は言った。

「私では、枝沼さんとつりあいがとれません。それに、私、当分は結婚を考えないことにしているんです」

静代はつい口に出した。

「結婚を考えない？」

枝沼がききとがめたように表情を変えた。静代はうなずいてから、顔をそむけるように港に顔を向けた。

ふと、間近に迫った北岡純の裁判のことが頭に浮かんだ。こういうときに、裁判のことを考える自分を意外に思ったが、やはり、初公判が気になるのだ。情状面をいかに裁判官に認めてもらえるか、静代の弁護の中心がそこにある。北岡も執行猶予がつくことを期待している。

しばらく経って、静代は枝沼の横顔にそっと目をやった。枝沼は顔を本牧埠頭のほうに向けていた。知的な陰影を含んだ顔が別人のように変わっている。声をかけるのがはばかられるほど、枝沼の顔は厳しかった。

アベックの笑い声が背後に近づいてきた。それをきっかけに、枝沼は歩き出した。少し間を置いてから、静代もあとを追った。

「さっきの言葉、本心じゃないんだろう?」

肩を並べたとき、枝沼が言った。その言いかたのなかには、少し前までは絶対の自信を持っていたことが窺われる。

「まさか、本気で言っているわけじゃないだろう?」

枝沼は立ち止まって、もう一度きいた。若い女の子のグループがふたりを追い越していった。静代は枝沼の非難するような視線にとまどった。何か言われのない攻撃を受けているような圧迫感があった。

「一度、結婚に失敗しています。結婚に自信が持てないのです」

「そんなことは気にすることはない。君に苦労はさせない」

「お気持ちはうれしいと思います。でも、しばらくはひとりでいたいのです」

「ぼくに子供がいることが気にいらないのか?」

枝沼の声が大きくなった。近くにいたアベックが顔を向けた。

「そんなことじゃありません」

「じゃあ、なんだ？」

枝沼の顔が紅潮している。不始末を詰(なじ)るかのような枝沼の言いかたに、よほど私の夫は宏治しかいません、と言おうとしたが、静代は声を呑(の)んで顔をそむけた。

「もう一度、考え直してくれないか」

枝沼は今度は哀願(あいがん)するように言った。

「彼も、ぼくと君とのことは賛成してくれたんだ」

静代は港に目を見据(みす)えながら、宏治のことを考えた。宏治が再婚を考えたのは、静代と枝沼をいっしょにさせようと思ったからだろう。しかし、宏治だって本心でそれを望んでいるわけではないのだ。静代はそう信じている。

「今の私は、今度の裁判の弁護のことで頭がいっぱいなんです」

「仕事とこれとはまったく別じゃないか」

静代の気持ちが変わらないと知ると、枝沼はさらに不機嫌(ふきげん)になった。

「帰ろう」

さっさと、枝沼は駐車場に向かった。静代はため息をついてあとを追った。

その日、枝沼と別れて、静代が帰宅したのは夕方であった。中華街で食事をする約束を反故(ほご)にして、高速道路にのって帰る車の中で枝沼はひと言も口をきかなかった。高速道路は途中渋滞した。その間、静代は身の置き所がないように体を固くして座っていた。

静代は家に帰ってから反省した。あんな断り方はまずかったのかもしれない。どうも、相手に対する思いやりに欠けていたようだ。そう思うと、枝沼にも申し訳ないような気がした。

静代がふとんの中に入ろうとしたとき、電話が鳴った。受話器を握ると、枝沼の声が耳に飛び込んできた。

「昼間は失礼した」

枝沼は酔っているようだった。少し呂律（ろれつ）がおかしい。

「ずいぶん、賑（にぎ）やかですこと」

「今夜はヤケ酒ですよ」

店の喧噪（けんそう）に負けないように大声を出しているようだ。

「どうですか。考え直してくれましたか？」

枝沼はしつこかった。静代が黙っていると、

「これから君の家まで行きます。いいですか」

「困ります。もう寝間着（ねまき）に着替えてしまいましたから」

「いい返事をもらわない限り、ぼくは君から離れない」

「もう遅いですから、お話なら明日にでも」

「失礼な。君はなんて失礼な女なんだ！」

突然、枝沼が怒り出した。日頃の枝沼からは想像もつかない口調だった。

「いいか。ぼくは佐田先生を通して正式に君に交際を申し込んだんだ。ぼくの立場をどうしてくれるんだ！」

枝沼の無茶な論理に静代も腹が立った。しかし、枝沼の心情を察して、

「申し訳ないと思っています」

静代は強引に電話を切った。ふとんにもぐりこんだが、なかなか寝つかれなかった。枝沼の居直ったような声が、静代を憂鬱にした。


北岡純の初公判は六月九日に開かれた。

静代は弁護人席についた。傍聴席を眺めると、北岡純の兄の昌彦が傍聴席の中央に腰をおろしていた。その他、数人の傍聴人がいるだけで、閑散とした傍聴席であった。

裁判官が登場し、開廷となった。

被告人の人定質問が済んだあと、検察官が起訴状を朗読した。

「被告人は、昭和六十二年三月十四日午後二時十分ごろ、世田谷区奥沢九丁目二番地岡田

三郎方の不在中のすきを窺い、同家裏出入り口の施錠（せじょう）を外して同家に侵入し、金庫から現金六十万円と東南（とうなん）銀行の預金通帳を窃取（せっしゅ）したものである」

罪状認否（にんぴ）で、北岡は素直に起訴状の事実を認めた。

冒頭手続きに引き続き、検察官の冒頭陳述。被告人も弁護人も事実関係を争わないので、検察官側にもゆとりがあるようであった。

冒頭陳述で、北岡純の経歴や犯行に至る経緯（いきさつ）などが述べられた。

被告人席で北岡純は体を丸めて神妙に座っている。その後ろ姿を見て、はたして北岡は心底反省しているのだろうか、という疑惑が静代に起こった。

この事件は有罪か無罪かを争う裁判ではない。情状面が弁護側の争点なのである。拘置所（こうちしょ）で北岡と何回か会っているが、いつも神妙な北岡の態度から嘘（うそ）っぽさを感じることがあった。つまり、北岡は裁判を有利に闘うために猫（ねこ）をかぶっているのではないか、という疑問である。

しかし、そう考えるのは、おそらく、静代の経験不足が、犯罪を犯した人間に対する偏見を植えつけているせいだろう。そう思いなおして、静代はあらためて検察官の発言に耳をかたむけた。

次回の公判で、静代は証人として、新宿のパブ時代の店長を呼んだ。背の高い三十代半ばの男である。

「あなたは、被告人の北岡純さんとはどういう関係ですか？」

静代はきいた。

「新宿のパブでいっしょに働いていました」

「あなたは被告人と仲がよかったのですか？」

「特別に仲がよかったというわけではありません。悪くもありませんでしたが」

静代は、情状証人として店長を呼んだのだが、必ずしも、店長は北岡に好意的ではなかった。しかしパブを辞めたことが、北岡が犯行に及んだ原因にもなっているという説得に、渋々証人になることを承諾したのであった。

「被告人の働きぶりはどんなだったのでしょう？」

「真面目に働いていました。将来、自分で店を持ちたいという気持ちがあるだけ、人いちばい真面目に仕事をしていました」

「その被告人が、今年の一月半ばで店を辞めましたね。どうしてですか？」

「店の売上金のうち、十万円が紛失したことがありました。そのとき、店の者は北岡くんを疑ったのです。そのことに腹を立てて、店を辞めたんだと思います」

「で、それは被告人の犯行だったのですか？」

「いえ。十万円は事務所の机の下から発見されました。それで、北岡くんの疑いも晴れました」

「お金はどういうわけで机の下から見つかったのですか？」

「たぶん、金庫にしまうとき、落としたのだと思います」

静代は、北岡が失業した経緯に同情できるものがあると裁判官に印象づけてから尋問を終えた。

検察官が反対尋問に立った。

「売上金から十万円が紛失した事件ですが、どうして、被告人に疑惑が集まったのですか？　疑うだけの根拠があったんでしょうか？」

「金庫が置いてある部屋から北岡くんが出てくるのを、店の者が見ていたんです。十万円が足りないことに気づいたのは、そのあとでした」

「そのことだけで、被告人を疑ったのですか？」

「いいえ、それだけではありません。彼が給料の前借りをしていたからです。それにサラ金から借金しているという噂もありました。それで、疑いが北岡くんに集中したのです」

「被告人は、なんでそんなにお金が必要だったのでしょうか？」

「私は知りません」

「店を辞めたのは、被告人のほうから言い出したのですか？」

「そうです。私は辞める必要はないと説得しましたが、北岡くんはいったん決めたことは覆せないと言ったのです」

続いて、静代は北岡昌彦を証人尋問した。被告人の実兄である。

「あなたはふたりきりのご兄弟なのですか？」

「そうです」

兄は神奈川県海老名市で寿司屋を開いている。

「被告人は金遣いの荒いほうだったのでしょうか？」

「いえ、弟は派手に遊ぶ人間じゃありません」

「勤め先から給料の前借りをしたり、サラ金から借金をしておりますが、なぜそれほどお金が必要だったんでしょうか？」

「去年、私の妻が入院したとき、弟が入院費用を工面してくれたのです」

「なぜ、そこまでしたんでしょうか？」

「弟は私の妻に対して恩を感じているのです」

「どうしてですか？」

「弟が以前に勤めていた会社を辞めたとき、金銭的に援助をしました。そのときの恩義をずっと覚えていたんです。だから、サラ金から金を借りてまで妻の入院費用を用立てたんです」

「たとえ切羽詰まった状態だったとはいえ、被告人が犯したことの責任は大きいでしょう。あなたは、今後、被告人が立ち直るために、尽力は惜しみませんか？」

「はい。私の家に下宿させて監視いたします」

「それから、被害者のほうには賠償をしたんですか？」

「はい。しました。盗んだ金はすべて、私のほうで返却いたしました」

検察側の反対尋問。

「あなたの奥さんの入院費用を捻出するために、給料の前借りやサラ金から金を借りたということですが、あなたは入院費用を出せないほど生活が苦しかったのですか？」

「いえ、そんなことはありません。もし、弟がお金を用立てた事情がわかれば、弟のお金を受け取ったりしませんでした」

「じゃあ、どうして被告人はそこまでしてお金を都合したのでしょうかねえ？」

「妻に対して自分が何か役立ちたいと思ったのだと思います」

「被告人は今年の一月にパブを辞めて、生活に苦しくなって、盗みに入ったということですが、どうしてあなたを頼らなかったのでしょうか？」

「弟は妻のために金を用立てたのです。ですから、今さら、金を借りることができなかったのだと思います」

検察側の反対尋問と同じ質問を、静代は北岡にしたことがある。その質問に、北岡はこう答えたのだ。

「義姉(あね)には世話になりました。だから、力になりたかったのです。それと、自分で金を用立てながら、また、兄貴に借金なんてできっこありません」

このことは、いずれ被告人質問の形で本人に言わせるつもりだった。情状面を訴えるうえで問題となるのは、北岡が二カ月近くも失業していたことだった。もし、働きに出ていれば、他人の家に忍び込むような真似(まね)をしなくてすんだだろう。

2

梅雨の季節のうっとうしい毎日が続いていた。

雨が軒を打ちつけ、窓の外に置いたあじさいの紫が鮮やかな色を見せている。しかし、伊津子の心は梅雨空のように鉛(なまり)色に重たく沈んでいた。

文彦が外出先から帰ってくると、また酒の匂いがした。

文彦は何も言わずに畳の上に寝そべった。星川警備保障を辞めてから、三カ月にもなる。職探しもせずに、どういうつもりなのだろうか。

失業保険はもらっているが、生活の面で不安があるのに、働こうともしない夫の心の奥が気になるのだ。

(あの事件にやはり関係があるのだろうか)

その考えが、最近になってまたも伊津子に蘇ってくるのだった。あれから、あの男からの連絡はない。しかし、連絡がないからといって、油断はできない。たまの外出は、あの男に会いに行くためかもしれないからだ。

ある日、伊津子が机に向かって新たなプログラム仕様書に基づいてプログラミングをしていると、夫が外出の支度をしていた。

「あら、出掛けるの?」

伊津子は鉛筆を動かす手を休めて振り返った。

「夕方までには帰ってくる」

文彦はそれだけ言って部屋を出て行った。伊津子は急いで机の上を片づけ、アパートを飛び出して、夫のあとを追った。

夫は都営三田(みた)線の電車のつり革につかまっている。伊津子は隣の車両から、気づかれないように様子を窺っていた。

水道橋(すいどうばし)、神保町(じんぼうちょう)を過ぎた。大手町でも、夫は降りない。夫が座席を立ったのは日比谷(ひびや)を過ぎてからだった。

文彦は内幸町(うちさいわいちょう)で降りた。伊津子は気取(けど)られないように用心深くあとをつけた。地上に出ると、夫は信号を渡り、日比谷公園に入った。野外大音楽堂の前を抜けた。霞(かすみ)が関(せき)に向かっている。

検察庁の横を通って、足早になった。しばらくして、文彦は足を止めてふり返った。伊津子はあわてて前を歩くひとの背中にかくれた。

伊津子はそっと様子を窺う。あっと、伊津子は小さく叫んだ。夫の姿が見えなかったからだ。伊津子はあわててかけ出した。

夫の消えたあたりに、大きなビルの入口があった。夫はここに入ったのだろうか。入口の横に裁判所という文字を見つけた。伊津子は首を傾(かし)げた。

裁判所の細く長い通路を歩くと、やがて、広いロビーに出た。ひとが大勢いた。夫の姿は見当たらなかった。

数日後、伊津子はハニーコンピュータサービス本社のコンピュータ室にいた。自分の作ったプログラムのテストをしていたのである。

自宅でプログラムを作ると、会社のコンピュータを使ってデバッグ、つまり、プログラムの誤ちを探す作業をしなければならない。コンピュータの割り当て時間に合わせて、伊津子はハニーコンピュータサービスの会社までやってくる。

その日、作業を終えたとき、伊津子は部長の山辺に呼ばれた。空いている会議室に連れて行かれた。

「どう、ご主人のほう?」

椅子に腰をおろしてから山辺がきいた。ワイシャツのボタンが腹の辺りではちきれそうだった。山辺は結婚式のとき、一度だけ夫に会っている。

「相変わらずです。まだ、勤め先が見つかりません」

伊津子はうつむき加減に答えた。山辺は、同情するように伊津子を見て言った。

「どうだろうね。君もアルバイトじゃなくて、本格的に復帰しないか。いや正式に入社しなくても契約社員ということで」

「契約社員?」

「そう。プログラムだけじゃなくて、システム設計も手伝ってほしいんだよ」

山辺は温和な顔を向けて言った。会社にいたほうが気が紛(まぎ)れることが多い。それに、収入面でもだいぶ違う。伊津子は心が動かされた。

その夜、伊津子は夫に契約社員の話をした。

「いいでしょう。そのほうが収入だって増えるわ」

「だめだって言ったって、そうするんだろう？」

夫は一瞬さびしそうな目をして言った。それ以上は何も言わなかった。伊津子には夫が何を考えているのかさっぱりわからなかった。

伊津子の契約社員としての生活がはじまった。契約社員と言っても、ふつうの社員と同じ勤務である。ただ、一年契約で、山辺部長のシステム開発部の仕事をするのであった。

「立花くん、ちょっと」

部長の山辺に呼ばれたのは、七月に入った蒸し暑い日だった。

「これから、三興(さんこう)機械にいっしょに行ってほしい。あそこは社内ネットワークシステムを構築しようとしている。うちの技術を売り込むんだ」

「わかりました」

伊津子は自分の机にもどってから外出の支度をした。

三興機械は、本社と全国にある支社、それに工場を、本社の超大型コンピュータを中心にして通信回線で結び、工程管理から在庫、予算管理、さらに、下請(したうけ)などの管理まで一括(いっかつ)して行うというシステムを計画中であった。このシステム開発に、ハニーコンピュータの技術を導入しようと、山辺は張り切っているようだ。

会社の前からタクシーに乗った。

三興機械は青山(あおやま)通りの小奇麗(こぎれい)な自社ビルにあった。受付に行くと、すぐに、応接室に通された。

やがて、小柄(こがら)だが肥(ふと)った五十年配の男と四十年配の中肉中背の男が現れた。機械設計部の部長と課長のようだった。名刺を交換した。

女子社員がお茶を運んできた。

「お忙しいところをお邪魔して申しわけございません」

山辺が口を開いた。

「いや、わざわざ来ていただいて恐縮です」

相手の部長が如才なく答えた。

「なかなか奇麗なビルでございますねえ」

「二年前にやっと自前のビルが持てました」

部長は笑いながら言った。しばらく、とりとめのない話のあと、山辺が本題に入った。

「じつは御社が社内ネットワークの開発を御検討中と伺い、弊社の技術がお役に立てたらと思いまして……」

山辺はそう切り出した。伊津子は資料を部長に渡した。

「弊社はこれまでに社内ネットワークの開発をいくつか手掛けてきました。そのモデルシステムがお手元にお配りした資料に……」

三興機械の部長は眼鏡をかけて、資料を目にしていたが、

「すみませんが、ちょっと待っていただけますか。情報システム部の人間にもいっしょに聞いてもらおうと思っているのです」

しばらくして、ノックの音がした。ドアが開いて、背の高い男が現れた。伊津子は顔を上げた。その瞬間、伊津子は目の前が真白になったような気がした。

（深井（ふかい）さん……）

伊津子は思わずつぶやいた。深井信一（しんいち）が目の前にいた。深井も驚いた様子で、しばらく、その場に立ちすくんでいた。

「深井くん、ここに座りたまえ」

課長の声で、深井はあわてて腰をおろした。

深井は半袖のシャツに涼しそうな柄のネクタイを締めていた。浅黒い色は昔と変わらなかった。先の尖った鼻の形も昔のままであった。

山辺の説明が始まったが、伊津子の耳に入ってこなかった。深井もしきりにハンカチで汗を拭いていた。

深井との愛は五年前、伊津子が二十三歳になったばかりのときに終わった。短大を卒業して入社した今のコンピューターメーカーの同じ課の先輩であった。新人研修のプログラム教育係だった深井はいかにも頭が切れそうでさっそうとしていた。新入女子社員の間で深井はいつも噂の対象になった。その深井から誘われたのは新人教育の最後の日だった。まだ、何もわからなかった二十歳の伊津子は、深井に翻弄されたと言ってもいいような三年間だった。深井が学生時代からつきあっていた女性と婚約したということは別れてからしばらくして、ひとづてに聞いた。

まさか、その深井とこのような場所で再会するとは思ってもいなかった。長くて苦しい時間は牛歩のようにゆっくり進んだ。ときたま伊津子は、深井の視線を額の辺りに感じた。

会社を出たとき、山辺が、

「やはり半年間離れていると、かってが違うようだね。だいぶ緊張していたじゃないか」

と、笑いながら言った。山辺は伊津子の緊張の理由を誤解していた。

その夜、どういうわけか文彦がふとんの中に入ってきた。伊津子は夫に抱かれながらも、深井のことが頭から離れなかった。

翌日、深井から会社に電話があった。半ば予期していたことだった。

「きのうは驚いたよ。今夜、時間ないか」

深井は昔と変わらない声で言った。

「いえ、会う必要はありません」

伊津子は即座に答えた。無意識のうちに、受話器を手で隠し、目だけを動かして周囲の様子を窺った。皆、仕事に神経を向けているようだ。

「君のことを忘れたことはなかった。ほんとうだ。信じてくれ」

深井は仕事場からではなく、公衆電話からかけているようだ。話の合間に、車の音が聞こえた。

「相変わらずね」

伊津子は軽蔑するように言って、一方的に電話を切った。伊津子は何となく腹だたしかった。深井と再会させた偶然に対する怒りもあったが、それより、深井の顔を見て冷静でなくなった自分の心がうとましかったのだ。

また、電話が鳴った。伊津子はおそるおそる受話器に手をのばした。

「深井さまからです」

外線電話をとった総務の女性の声が聞こえた。伊津子は軽くため息をついて、受話器を耳にあてた。

「今夜、六時半、四谷三丁目の『ミナミ』で待っている」

深井は約束の場所を指定してすぐに電話を切った。

伊津子はぼんやりしていた。深井と別れた切ない夜のことが蘇った。

「どうしたの。顔色が悪いわよ」

外出先から帰ってきたきく江が伊津子の顔を見て言った。

「なんでもないの」

伊津子はあわてて言った。

就業時間が終わった。伊津子の気持ちは揺れ動いた。彼に会いたいという思いが、時間の経過とともに強まった。それと同時に、暗い部屋でじっと伊津子の帰りを待っている文彦の顔がちらついた。

伊津子は新宿駅まで出た。地下鉄丸ノ内線の自動券売機の前で、伊津子は迷った。後ろに並んだ人間に急かされて、伊津子はあわてて切符を買った。熱に浮かされたように、ひとの流れに乗って改札を入った。

四谷三丁目でおりて地上に出ると、ネオンがまばゆく伊津子の目に入った。『ミナミ』という喫茶店は、ふたりが待ち合わせのために利用したところだ。ここで、落ち合ってから新宿に出るのが、いつものデートコースであった。

伊津子は喫茶店の前を二、三度、往復したあと、思い切って店内に入った。入ってすぐ横に階段がある。

伊津子がその喫茶店の二階に行くと、窓際(まどぎわ)の席から深井が手を上げた。伊津子はたちすくんだ。深井は店の前でためらっていた姿をずっとながめていたのかもしれない。

伊津子は黙ってテーブルに近づいた。

「まさか、あんな場所で君に会うとは思わなかった」

深井は照れ隠しのように言った。

「少し、やせたんじゃないか」

無遠慮に伊津子の顔を覗(のぞ)きこんで、深井が言った。

「あの頃よりきれいになった」

深井の言葉を無視して、伊津子はウエートレスを呼んだ。レモンティーを注文したのは、深井がコーヒーを飲んでいたからだ。同じものを飲むのは生理的にいやだった。

「ずいぶん老けたと思っているんだろう？」

深井がいたずらっぽく言った。伊津子より五つ上だったから、三十三歳になる。濃い眉も、尖った鼻も、昔と変わらない。しかし、軽薄さが消えて渋みを増していた。

「君はどうしているの？　結婚は？」

深井は長い脚を組んで、じっと伊津子の顔を見つめた。

「今年の一月に結婚したわ」

伊津子が言うと、深井は唇を少し尖らせた。

「今、とてもしあわせよ」

伊津子はわざと笑顔を作った。深井に対する精いっぱいの反抗であった。が、伊津子の顔をじっと見つめていた深井が怪訝そうな表情を作った。伊津子はあわてた。きっと、しあわせからほど遠い顔をしていたからだろう。

深井に詮索する隙を与えないように、伊津子は口を開いた。

「あなたは、どうしてあの会社に？」

深井は自嘲ぎみに笑った。ウエートレスが脇を通った。

「義父の世話でね」

深井はグラスをつかんでいっきに水を飲み込んだ。

「食事でもしていかないか？」

空のグラスを右手で弄びながら、深井がきいた。伊津子は首を横に振った。そっと腕時計を見ると、八時になっている。

「主人が待っていますから」

深井は黙って、窓の外に目をやった。次の言葉を考えているに違いない。伊津子は立ち上がった。あわてて、深井が顔をもどした。

「もう帰るのか」

「私は主婦です」

「今度、いつ会える？」

「失礼します」

伊津子は急いで階段に向かった。深井も伝票をつかんで立ち上がった。

「いいね？　また、電話する」

深井と別れて、伊津子はひとりで夜の街をさまよった。深井の息遣いや目の動きが、伊津子の頭から離れなかった。

アパートに帰ったのは、十時過ぎだった。部屋は暗かった。夫はいないようだった。伊津子はバッグから鍵を取り出して部屋に入った。

梅雨が明けて、白い入道雲が空高くわきあがる暑い日が続いた。すべての物を燃やしつくすかのように、夏の太陽は照りつけている。が、社内はクーラーがききすぎて肌寒(はだざむ)いほどだ。

深井から電話があったのは、三興機械から、もう少し詳細に詰めたいという回答を得た直後であった。再会した日から、二週間ほどが経っていた。

今夜会いたいという深井の声に、伊津子の胸がさざなみのように揺れた。返事を迷っている間に電話が切れた。急に後悔が生まれた。会いたい気持ちと会ってはいけないという気持が大きく交錯(こうさく)していた。断ろうとして、伊津子は受話器をつかんだ。がすぐに、そのままそっと受話器を置いた。

心の動揺をまわりに見られているような気がして、伊津子は席を立った。洗面所に行って、鏡を見た。

青白い顔が鏡に映っている。伊津子は髪型を直し口紅をつけながら頬(ほお)が少しくぼんだような気がすると思った。きれいになったという深井の言葉が耳元に蘇った。

その夜、深井は新宿三丁目のビルの地下にある居酒屋に伊津子を連れて行った。大きな店内である。喧噪が店内に充満している。

「最近はこういう店のほうが落ち着いてね」

深井が言った。以前は気取ったパブしか入らなかった深井だが、歳月は好みを変えていったのだろうか。伊津子は知らない男と会っているような錯覚に、一瞬陥った。

「三興機械はうちといっしょに仕事をする気のようね」

「ぼくが積極的に推したんだ」

深井は日本酒を呑みながら、少し自慢そうに言った。

「私、部長に頼んで三興機械の担当をはずしてもらうつもり。だって、仕事であなたと顔をあわせるのなんてつらいもの」

伊津子はふと遠い昔を蘇らせて胸の奥が痛くなった。

「君のご主人、現金輸送車襲撃事件の犯人にされたそうだね？」

深井がふいに言った。伊津子は深井をにらんだ。

「調べたのね？」

伊津子は部長の山辺の顔を思い浮かべた。山辺からそれとなくきき出したに違いない。

「君がけっしてしあわせだと思えなかったからさ」

「夫は私を愛してくれているわ」

伊津子は抗議するように言った。

「ぼくの友人に新聞記者がいてね。彼にきいてみた」

深井は伊津子の目をじっと見つめた。

「警察はまだ君のご主人を疑っている」

「嘘！」

「君だって、ほんとうはご主人を疑っているんじゃないか」

伊津子は心の底を覗かれたように不快な気分になった。夫のあとを尾行したことを思い出した。

伊津子は自分の心に巣くっている夫への疑惑を消し去るように、焼酎を何杯もおかわりした。

外に出たとき、伊津子はだいぶ酔っていた。風が火照った顔に心地好かった。深井の足がホテル街に向かっているのがわかった。伊津子は足を止めた。

「いいじゃないか」

深井は伊津子の背中を押した。

「やめて！」

「君はもうご主人とダメになっているのがわからないのか？」

深井が言った。そのときになって、伊津子は酔いがまわってきた。その酔いが、伊津子の良心を麻痺させようとしている。深井は強引に伊津子の肩を抱いて引っ張るようにホテル街に向かった。

路地を曲がると、ホテルのネオンがずっと先まで続いていた。向こうからアベックが歩いてくる。深井はさっと目の前のホテルの玄関に入った。あとから伊津子が続いてくることを確信した動作であった。そんな深井がいやだったし、それに夫の顔が目の前に蘇った。

伊津子はいきなり踵を返すと夢中でかけ出した。

通りに出て、ちょうどやってきたタクシーをつかまえて乗り込んだ。心臓が破裂するように激しく鼓動をくり返していた。逃げるとき、深井の声を聞いたような気がした。しかし、伊津子はあとを振り向きもしなかったので、深井が追ってきたのかどうかわからない。

伊津子がアパートに帰ると、食卓にビールのあき缶が三つ転がっていた。

文彦は寝室のふとんの中に入っている。目をあけているのかわからないが、起きてはこなかった。待ち疲れて眠ってしまったのかもしれない。

伊津子はしばらく夫の寝姿を見下ろしていた。深井に言い当てられたことはほんとうだった。伊津子は心の奥で夫を疑っている自分に気づいた。

現金輸送車の襲撃犯は盗んだ金をどうしたのだろうか。警察のほとぼりがさめるまで、金の使用を控えているのではないか。

夫のあとをつけた時に、裁判所付近で見失ってしまったが、あの時夫は誰かに会うつもりだったのではないだろうか。それは多分、事件前に電話をかけてきた男だったにちがいない。

猛暑が続いた。暑さに皆いらだっているようだ。風がまったくない。風鈴も音をたてなかった。ベランダの朝顔も息苦しそうにあえいでいる。

伊津子が帰宅すると、いつものように夫はいなかった。卓上はグラスが出しっぱなしであった。伊津子は卓上のものを片づけ終わったあと、隣室に行って鏡台の引出しの奥から日記帳を取り出した。

独身時代は毎日つけていた日記だが、結婚してからはあまり書かなくなっていた。伊津子は久しぶりに日記帳にペンを走らせた。今の素直な気持ちをしたためてみると、文章のあちこちに、伊津子の心の揺れ動きが読みとれる。夫が犯人の一味ではないと思いつつも、夫は犯人を知っているのではないかという疑惑は消えないのである。

背後で人の気配がした。伊津子は振り返った。息が詰まりそうになった。いつ帰ってきたのか、夫が立っていた。

伊津子はあわてて日記帳を引出しにしまった。

「何しているんだ？」

文彦が声をかけた。

「この前買った口紅が見つからないの」

伊津子はとっさに言い訳をした。夫は酒臭い顔をして、いきなり後ろから抱きついてきた。

夫に組みしかれながら、伊津子はなぜか涙が流れた。夫の乱暴で一方的な行為を、伊津子はただじっとこらえていた。

文彦は自分の欲望を満たすと、さっさと背中を向けた。

伊津子の全身に疲労感が広がっていた。何かが狂っていた。あの事件を境に、夫は別人のように変わっていった。

汗のにじんだ背中を拭こうともせず、文彦は向こう向きになって横になりながら団扇を忙しく使っていた。夫は何かに苦しんでいるようだ。なぜ、妻に打ち明けて相談しようとしないのだろう、と伊津子はそのことばかり考えていた。

3

北岡純の裁判は予想より早く進んだ。七月下旬に検察側の論告求刑があり、懲役一年と求刑された。これに対して、静代は最終弁論で情状酌量を訴えた。

そして、秋風が吹き、やっと残暑の峠を越した九月半ば、判決公判が開かれた。

静代は弁護人席から傍聴席を見た。ぽつんと、兄の昌彦が座っていた。そして、入口付近に、マスクをしてサングラスをかけた男が座っていた。まるで、自分の素顔を見られたくない、といった風体をしていた。静代はその男がいつかも傍聴席に座っていたことを思い出した。あとは、壁ぎわに廷吏がいるだけで、天井の高い法廷は閑散としていた。

裁判官席の横の扉が開き、北岡が廷吏に連れられて入廷してきた。白いポロシャツにグレイのズボン。散髪したてのさっぱりした頭だった。傍聴席の前の長椅子に、昌彦に背中を向けて座った。

正面扉が開き、裁判官が入廷してきた。裁判長は腰をおろすなり言った。

「それでは、判決を言い渡します。被告人は前へ」

その声に、北岡はゆっくり立ち上がった。裁判長の前に直立不動の姿勢で立った。

「主文、被告人を懲役六カ月に処する」

北岡は裁判長に顔を向けて静かにうなずいた。そして、次の言葉を神妙に待った。

「これから判決理由を読み上げますが、長くなるので被告人は席にもどって聞くように」

その瞬間、北岡がびっくりしたように裁判長を見た。それから、弁護人席の静代に顔を向けた。頬が痙攣していた。北岡は執行猶予がつくと思っていたのだ。

北岡は青ざめた顔で、被告人席にもどった。

「──罪となる理由」

裁判長は判決理由を読みあげた。

「──勤め先からあらぬ嫌疑をかけられ、辞めるに至った事情は同情でき、また、サラ金から金を借りてまで兄に尽くすやさしさは貴重ではあるが、新たな勤め先を探そうとせずに、安易に他人の財物を奪わんとしたことはまったく短絡的発想であり……」

裁判長の声は静かな法廷に流れるように響いた。

「しかしながら、被告人はその罪を十分に反省しており、まだ若く、やり直しの十分きく年齢であり、立ち直ってくれることを期待しています」

裁判長は書類から顔をあげた。

「──もし、この判決に不服があれば十四日以内に高等裁判所に控訴の申し立てをすることができます。弁護人からよく聞くように」

静代は、唇をかみしめた。裁判官は、被告人の情状を汲み取ってくれたと考えた。しかし、執行猶予がつかなかった。静代は不服であった。

裁判が終わった。

北岡は再び刑務官に手錠と腰縄をかけられた。静代はすぐに席から立てなかった。北岡がじっと静代に目を向けた。何か言いたそうな目だった。しかし、北岡は看守にうながされて法廷を出て行った。

静代は、裁判所の拘置支所で、北岡と会った。

「先生、執行猶予がつくと思っていたんですが」

北岡は静代を責めるように言った。

「ごめんなさい。私の力不足でした。でも、私にはこの判決は納得いきません。控訴するなら」

「先生！」

静代の声を、北岡は遮った。

「控訴しても、執行猶予がつくという保証はないでしょう。それに、裁判を続けても半年以上かかるでしょう。それより、素直に刑に服したほうが……」

北岡はくやしそうに言った。

「ごめんなさい」

「国選弁護士に任せたぼくがいけなかったんです。やはり、熱意が違うんですかねえ」

北岡はいやみを残して、護送車に乗せられて東京拘置所にもどって行った。

一週間後に、北岡は千葉県にある椿（つばき）刑務所に入所した。

受刑者を収容する施設は、刑務所、少年刑務所、医療刑務所など全国で七十四あるという。

椿刑務所は受刑者一千五百名のうち、三割以上をヤクザが占めている。最高刑期は八年、最短刑期は北岡のように六カ月である。広大な敷地の中に、コンクリートの高い塀（へい）に囲まれて刑務所の本館、獄舎（ごくしゃ）、工場があり、塀沿いには古い団地のような職員の官舎がある。

静代は椿刑務所について佐田弁護士から、このように説明を受けた。佐田は以前に、受刑者の面会で訪れたことがあるということだった。

「彼は以前にも傷害事件を起こしている。彼にも非があった。君の責任ではないんだ。気にするな」

落ち込んでいる静代を、佐田がなぐさめた。しかし、弁護士として被告人の期待通りの弁護が出来なかったことが、静代を苦しめていた。

4

十一月になった。文彦は未だに仕事を探す素振りがなかった。

ある日八時頃、伊津子が会社から帰ると、部屋の中は薄暗く、人の気配はなかった。明かりを点けて、伊津子は息を呑んだ。部屋の真中に、文彦が座っていたのだ。

「どうしたの？」

伊津子はびっくりして声をかけた。様子がおかしかったからだ。夫の前にひざまずき、伊津子は顔を覗きこんだ。目が虚ろだった。伊津子は夫の肩を揺すった。

「ねえ、いったいどうしたと言うの？」

いきなり、文彦は顔を上げた。目が血走ったようにつり上がっている。

「俺は、あの事件ではめられたのだ」

夫が頬を痙攣させながら言った。

「それはいったい、どういうことなの？」

伊津子は怯えたようにきいた。

「俺は真犯人を見つけたんだ。君にも、俺が現金輸送車襲撃事件の犯人ではないことをみせてやる。それまで待っていてくれ」

それだけ言うと、文彦はいきなり立ち上がった。伊津子はびっくりして、夫の体にしがみついた。

「いったいどうしたと言うの？」

「いいか。きっと俺の無実を証明してみせる」

形相（ぎょうそう）が変わっていた。伊津子の体を突き放すと、文彦は玄関に向かった。

「待って！　どこに行くの」

伊津子はあわてて追った。しかし、夫は階段を走りおり、暗い路地の闇（やみ）に消えて行った。

伊津子は玄関の前に立ってしばらく茫然（ぼうぜん）としていた。いったいどうしたというのだ。そのとき、伊津子はあることに思い当たったのだ。

すぐに部屋に引き返し、自分の机の引出しを開けた。

日記帳がすぐ目に飛びこんだ。

伊津子は軽い悲鳴を上げた。

夫は日記帳を読んだのだ。

「人の日記を読むなんて……」

机にもたれかかって、伊津子はぽつりと声をもらした。日記には、伊津子の素直な気持ちが書いてあった。夫の過去のこと。妙な電話のこと。それらが疑惑となっていることを思いのままに書いてあったのだ。

その夜、九時過ぎまで待ったが、夫は帰ってこない。ひとりで食事をしようとしたが、伊津子はショックで食事が喉を通らなかった。

夜中の二時を過ぎても夫は帰って来なかった。伊津子は何度も寝返りを打った。なかなか寝つかれなかったのだ。それでも、いつの間にか眠ってしまったらしい。

伊津子は目をさました。薄明かりがカーテン越しにもれている。そろそろ夜明けのようだ。起き上がって隣を見ると、文彦のふとんは空だった。

文彦のことが心配でしようがないのだが、伊津子は会社に出かけなければならない。出社してからも、会社からときたま自宅に電話をかけたが、虚しくベルは鳴り続けるだけだった。

その夜、急いでアパートに帰ると、夫はまだ帰宅していなかった。何も手につかず、キッチンのテーブルに寄り添ってぼんやりしていると電話が鳴った。

実家の母からだった。

心配してかけてきたのだ。わざと明るい声を出して、伊津子は母と話した。

「どうだい、文彦さんは？」

「ええ、何とかやっているわ」

心配を悟(さと)られないように、伊津子は答えた。

「仕事は見つかったのかい？」

「それがまだ」

伊津子は答えたが、母の老いた顔が浮かんで胸が痛んだ。

「一度、帰っておいで」

最後に、そう言って母は電話を切った。

伊津子は長いため息をついた。

テレビがついているが、なにをやっているのか、画面は頭に入ってこない。

夫はまだ帰って来なかった。もう十一時を過ぎている。

伊津子は窓を開いた。街灯が路上に淡い光の輪を作っていた。駅のほうから、足音が聞こえてきた。伊津子は体を伸ばした。しかし、光の輪に入った人影は夫のものではなかった。

十二時をまわった。伊津子はキッチンに腰をおろし文彦の帰りを待っている。

一時を過ぎても、文彦は帰ってこなかった。伊津子はふとんに入りはしたが、寝つけなかった。

目をさましたのは六時前だった。隣のふとんを見たが、夫の帰ってきた形跡（けいせき）はなかった。伊津子は着替えた。

伊津子は夫の姉に電話を入れた。

「あの、文彦さん、そちらに伺っていないでしょうか？」

「えっ、文彦？　文彦がどうかしたの？」

義姉が甲高い声を出した。伊津子は事情を説明した。

「もう一晩、待ってみましょう。それで、もし帰って来なければ一応警察に届けたほうがいいかもしれないわ」

義姉が言った。伊津子は受話器を置いたが、不安は大きくなっていた。

伊津子は会社に出かけた。机に向かっていても、神経はよそにあった。

午後になって、伊津子は目の前の女子社員から声をかけられた。

「立花さん、電話です」

女子社員の顔から電話の主が男だということがわかった。伊津子は急いで受話器を耳にあてがった。

「はい。立花です」

相手の声を聞いたとき、夫ではなかったという落胆（らくたん）と、電話の相手が深井だということで、伊津子の表情は憂鬱そうにくもった。

「今夜、どうかと思って？」

深井は名乗ったあとで、すぐに誘った。しかし、伊津子は、

「申し訳ありません。今夜は用があります」

と、女子社員の耳をはばかって丁寧に言った。

「じゃあ、明日の晩ならいいでしょう？」

「いえ、とうぶん、伺えそうもないんです」

伊津子が言うと、電話の向こうで深井が押し殺した声を出した。

「会いたいんだ。ぜひ」

「申し訳ありません。じつは、どうしても外には出られない事情があるのです」

伊津子はそう言ってから、受話器を置いた。

その日、伊津子は急いで帰宅したが、やはり夫はもどっていなかった。夜になって、雨になった。夜がふけるにしたがって、雨は強くなっていく。窓を開けると、街灯の明かりに大粒の雨が光って落ちていた。

5

カーテンの隙間から、明かりが差し込んでいた。いつの間にか眠りこんでしまったようだった。

伊津子はとなりのふとんを見たがゆうべのままだった。ふと、廊下で物音が聞こえた。伊津子は急いで起き上がって玄関に行った。ドアを開けたが、誰もいなかった。冷たい風が部屋に入り込んできた。雨は止んで青空が広がっていた。

その日、伊津子は会社を休んだ。

落ち着かない時間がゆっくり過ぎていった。

昼前になって、上野北署の大井警部補から電話があった。その声の調子の低さに思わず不吉な報せなのかと脅え、伊津子の心臓が錐で刺されたように痛んだ。

「先程、神奈川県警厚木署から連絡がありました」

「厚木署？」

「丹沢の山林の中で死体が発見されたのですが、体の特徴から、ご主人の可能性もあるのです。それで、これから厚木署まで遺体を確認しに、ごいっしょしていただきたいのです」

伊津子は頭の中が空になった。

「もしもし、奥さん、大丈夫ですか？」

大井警部補が大声で呼びかけている。

「大丈夫です」

伊津子は気持ちを落ち着かせるために深呼吸をした。そして、

「どちらに行けばいいのでしょうか？」

と、自分でも不思議なほど冷静な声で訊ねた。

「小田急の新宿駅改札の前でお待ちしてます」

受話器を置いたあと、伊津子はしばらくその場にたたずんでいた。そして、もう一度、受話器をとった。

伊津子は義姉の家に電話をかけた。義姉が出た。テレビの音声が受話器を通して聞こえてくる。

「お義姉さん、さっき警察から電話があって、文彦さんらしい遺体が……」

「あなた、今なんていったの。ちょっと待って。テレビ消すから」

電話の向こうが静かになった。伊津子の脳裏に、文彦から結婚を申し込まれたときのこ

とが蘇った。このひととこれからの人生を共に歩むのだと思い、うれし涙で頰を濡らしたことを覚えている。文彦は伊津子を大切にしてくれた。伊津子の誕生日はホテルのレストランで食事をした。子どもが出来たら一戸建ての家に住むのだとめずらしく熱く語っていた彼の顔が目に浮かぶ。

「もしもし、もう一度言って」

義姉の声が、伊津子の耳に飛び込んできた。

「お義姉さん、気を静めて聞いて」

義姉はどんな表情で聞いているのだろうか、と伊津子は思いながら、厚木署の管内の山林で文彦のものらしき死体が発見されたようだと、同じことを繰りかえした。

「これから、厚木署まで行ってきます。また、連絡しますから」

動転している義姉に、軽はずみな動きをしないように言いふくめて電話を切ると、伊津子は着替えをした。何を持っていっていいのか、よくわからない。ハンドバッグを抱え、急いでアパートを飛び出した。

小田急線の改札前に行くと、大井警部補の大きな体が待っていた。

「ロマンスカーの切符を買っておきました」

大井警部補が言った。

「すみません」

ロマンスカーに乗り込んだ。本厚木駅まで警察の車が迎えに来てくれることになっています、と大井は言った。

「どうして、発見されたのでしょうか？」

「近くの温泉に遊びに来た客が、くさむらに隠れるように倒れている遺体を発見したそうです」

くさむらの無残な光景が目に浮かぶ。それを振り払うように伊津子は顔を横に振った。

大井は伊津子から顔をそむけるように、外の景色を見ている。

「殺されたのですね？」

伊津子がきくと、大井が驚いたように、

「どうしてそう思われるのですか？」

と、きいた。

「主人は……」

伊津子はあとの言葉を呑んだ。

「ご主人は、何ですか？」

大井が訊ねた。伊津子はその問いに答えず、

「どうやって殺されたのでしょうか？」

と、きいた。大井は少し不満そうに答えた。

「後頭部が鈍器状のもので殴られていたそうです」

「そうですか」

伊津子は窓の外に顔を向けた。

「さっきのお話ですが、ご主人が殺されたという貴女の推理には、なにか根拠でもあるのですか？」

伊津子は決心したように、

「主人は真犯人を追っていたのです。おそらく真犯人を追い詰めて殺されたのだと思います」

「真犯人というと、現金輸送車襲撃事件の？」

「そうです。あの事件で、自分ははめられたと、主人は言っていました」

大井警部補は何も言わなかった。

本厚木に着いた。伊津子は重たい足どりで、改札を出た。

大井はすぐに目につきやすい場所に駐車していた警察の車を見つけると、そのほうに歩いて行った。

迎えの担当警部と挨拶を交わして乗りこんだ車の後部座席から、伊津子は外を黙って眺めていた。めっきり弱まった陽差しに、駅前の繁華街が寒々と感じられた。

厚木署で、伊津子は物言わぬ夫と対面した。堪(こら)えていた涙がどっとあふれ出ると思っていた。取り乱すかと思っていた。しかし、伊津子は冷静だった。

「立花文彦さんに間違いありませんね？」

厚木署の係員が確認した。伊津子は変わり果てた夫の姿を見つめたままうなずいた。

なぜ、文彦がここにこうして死体となって横たわっているのか不思議だった。現実の出来事という実感はなかった。

会議室で、厚木署の警部が遺体発見時の模様を説明してくれた。伊津子はハンカチを握りしめ、年配の警部の声に耳を傾けた。

「犯人は？」

説明が終わったあと、伊津子は訊ねた。

「今、目撃者を探しているところです」

と、首を横に振ってから警部は答えた。

「十一月二十日の夜、現場近くの農家の主人が、不審な車を目撃しています。おそらく、その車に犯人が乗っていたものと思われます」

脇から丸顔の刑事が口をはさんだ。

「二十日の夜のご主人の行動なんですが？」

「あの夜、夫は夜八時過ぎにいきなりアパートを飛び出して行ったんです」

「どうしてですか？」

「上野の事件のことで、ちょっと言い合いになって……」

伊津子はそのときのことを思い出しながら話した。

「上野の事件というと、現金輸送車襲撃事件のことですね？」

刑事が確認するようにきいた。伊津子はうなずいた。

「ご主人はひとから恨まれるようなことは？」

警部がきいた。伊津子は警部に顔を向けた。

「主人は他人から恨まれたりするような人間ではありません」

警部はうなずいてから、

「やはり、こんどのことは現金輸送車襲撃事件がらみということになりますね」

と、同席している大井警部補に言った。

「仲間割れの可能性が強いでしょうね」

大井警部補の不用意な発言が、伊津子の神経にさわった。

「まだ主人を疑っているんですか！」

伊津子は憤然として言った。

「主人は自分ははめられたと言っていました。それで、真犯人を調べていたのです」

「奥さん」

大井警部補がなだめるように声をかけた。

「警察が必死になって捜査しているにも拘らず、未だに襲撃犯を捕まえることができないのです。それなのに、なぜ、ご主人は真犯人がだれかを特定できたんでしょうか？」

「それは……」

伊津子は返答に窮した。

「いずれにしても、ご主人は現金輸送車襲撃事件と深い関わりがあることだけは間違いないですね」

その後、いくつか質問されてから、伊津子は厚木署の係官に案内されて、夫の死体があった場所に出かけた。野も山も、枯れて寒々としていた。

近くにイノシシ料理の七沢温泉がある、と係官が言った。そういえば、道ぞいにイノシシ料理や温泉旅館の看板が目立った。

「主人はここで殺されたのでしょうか？」

底冷えのする山中で、体を震わせながら伊津子は係官にきいた。

「いえ、別な場所で殺され、ここまで車で運ばれたのだと思います」

人が争ったような跡がまったくないことなどから、殺害現場はここではないと説明しながら、係官はふと樹木の間から差し込んだ弱い陽の光に、目をまぶしそうに細めた。

翌日の夜、母と妹が上京してきた。ふたりの顔を見たとき、少し涙ぐみはしたが、伊津子はとりみだすことはなかった。

夫の葬儀の日、警察の人間が数人あちこちに立って、鋭い目を、参列者のひとりひとりに向けていた。

伊津子は焼香客の中に上島公一の姿を見つけた。オールバックで広い額に横皺を作って、上島は祭壇に向かって手をあわせていた。上島の顔を見ていると、改めて文彦と知り合った当時のことが蘇ってくる。上島は伊津子に目で軽くあいさつしてから、そそくさと引き揚げて行った。

火葬場で、再び、義姉が泣き出した。しかし、伊津子は涙を流さなかった。義姉が、あんたはつめたい女だといやみを言った。

初七日が過ぎてはじめて、伊津子の心の中に寂寥感が襲った。アパートの寒々とした部屋にいると、伊津子は夫がいなくなったことを実感した。

6

その後、警察の捜査も進展していないようだった。

仕事をしていると、つかの間は夫のことを忘れられるが、誰もいないアパートに帰ると、伊津子はふと涙を流していることがあった。いっそ、アパートを移ろうと思ったが、夫の思い出が染みついている部屋を捨てることはできなかった。

今夜も、文彦の写真の前に伊津子は座っていた。無口だったぶんだけ、よけいに夫の心が伊津子にはわかった。

文彦には過去に好きな女性がいたようだ。だから初めて会った時、驚いた顔をしたのだろう。夫はその女性の代わりに、伊津子を愛したのかもしれない。でも、伊津子はそれでもいいと思っていた。充分にやさしかったからだ。

その夫が変わったのは、現金輸送車襲撃事件が起きてからだ。あの事件のおかげで、伊津子のささやかな幸福は壊されたのだ。

ドアを叩く音が聞こえる。それからチャイムの音に代わった。誰か来たらしい。

伊津子はドアの内側から、どなたですか、と声をかけた。

「ぼくだ。深井だよ」

伊津子は息をのみこんだ。少しためらってからドアを開けた。深井の浅黒い顔があった。

「近くまで来たものだから。お線香をあげさせてもらおうかと思って」

深井は伊津子の目を見つめて言った。

伊津子は少し迷ったが深井を部屋に上げた。深井は部屋の中を観察するようにながめた。深井が線香をあげる間、伊津子は正座して待っていた。

「ご主人が亡くなったと知ってびっくりした。ほんとうは早く来たかったんだけど……」

深井は伊津子に顔を向け、

「もし、困っていることがあったら、ぼくに言ってくれないか」

と、言った。

「だいじょうぶです。ひとりでやっていけますわ」

「しかし」

「あのときだって、私はひとりで頑張りましたから」

伊津子は深井と別れた頃のことを思い出して言った。

「すまなかったと思っている」

深井は自分の都合の悪いことから話をそらすように、伊津子に言った。

「君のご主人はほんとうにあの事件と無関係なのか？」

「どういうこと？」

伊津子はきき返した。深井は何か言いかけたが、

「いや、何でもない」

と、小さな声で言った。

「あのひとは真犯人を見つけたんです。でも、反対に殺されてしまったんです」

「しかし、警察が見つけることができない犯人をどうして、ご主人は見つけることが出来たんだろう？」

深井は大井警部補と同じことを言った。

「真犯人はご主人を知っている人間だということか？」

そうだ。夫に疑惑がかかるようにした犯人は、少なくとも夫と面識のあった人間に違いない。

そのとき、伊津子は上島のことが頭に浮かんだ。彼は、最初から夫との結婚に反対していた。彼は、夫の運命を知っていて忠告したのではないだろうか。それに、事件当日、急に腹痛を起こして、夫と運転を代わったことも偶然とは思えない。

ふと、息遣いが耳もとで聞こえ、伊津子が我に返ると、目の前に深井の顔があった。

「何するんですか？」

伊津子はあわてて深井の体を突き放した。伊津子の心臓が激しく鳴っていた。伊津子の抵抗が大きかったので、深井は目をつりあげ、

「失礼した。帰る」

と言って、立ち上がった。

部屋の真中に座ったままの伊津子の耳に、ドアのしまる音が聞こえた。

再び、温(ぬく)もりをなくした部屋になった。伊津子は日記帳を取り出した。思えば、この日記を見られたのがうかつであった。文彦は伊津子に疑われていると知って、焦(あせ)ったのだ。だから、無謀(むぼう)にも犯人のところに乗り込んでしまった、伊津子はそう考えていた。

日記帳を閉じようとしたとき、伊津子の目に上島という文字が飛び込んできた。十一月二十日のページの余白に、上島とだけ書いてある。夫の筆跡(ひっせき)だ。あのときに書いたものだろう。どういう意味だろうか。

あの夜、夫は上島のところに出かけたのではないだろうか。

翌日、伊津子は会社を一時間早退して中野にある星川警備保障に出かけた。受付で、上

島公一の名前を出すと、受付嬢は上島はすでに会社をやめたと言った。

仕方なく、伊津子が門を出ようとしたとき、目の前を歩いている後ろ姿に見覚えがあった。事件のとき、現金輸送車の助手席に乗っていた西川だった。寒そうにコートの背中を丸めて門を出ると駅のほうに向かった。伊津子はあとをつけて、交差点で立ち止まったときに声をかけた。

「西川さん、立花です。その節はお世話になりました」

西川は驚いて伊津子を見つめた。

「やあ、奥さんでしたか。このたびは……」

西川は目をしょぼつかせて言った。

「ちょっと、お伺いしたいことがあるのですが」

伊津子は遠慮がちに言った。

「いいですよ。まっすぐ帰るだけですからね。そうだ、駅の近くに明るい感じの喫茶店があります。そこに行きましょうか」

西川はそう言って歩き出した。

駅前のビル二階にある喫茶店の前に立ったとき、いきなり西川が、

「奥さん、どうせ夕飯を食べるんでしょう。どうせなら食事の出来るところに行きましょ

うよ」

と、言い出した。伊津子が迷っていると、

「この裏手にいい店があるんです」

と言って、さっさと階段を降りはじめた。伊津子はやむを得ずあとに従った。

西川が伊津子を連れて行ったのは、小料理屋であった。

「二階の部屋、空いている?」

西川が女将らしい女に声をかけた。伊津子はあわてて、

「西川さん、カウンターでいいですわ」

と、言って、カウンターに腰を下ろした。西川は渋々座った。

「もう落ち着かれましたか?」

おしぼりで顔から首のまわりを拭き終わってから、西川が体を寄せてきいた。西川の髪は白いものが目立った。唇が厚く、奥まった目はぎらぎらした感じだった。伊津子は少し体を引いた。

「なんだったら相談に乗りますよ」

西川は言った。いやらしい目つきが伊津子の顔から胸をなめまわした。酒と肴が目の前に並んだ。伊津子はしかたなく西川に酌をした。

「あの事件のことですが」

伊津子は話を切り出した。

「あの事件？」

西川が驚いたように顔を向けた。

「あの事件がどうかしたんですか？」

「西川さんは犯人の人相や体つきに心当たりはまったくなかったんですか？」

「残念ながらないね。警察にもしつこくきかれたが知らないものは知らない」

西川は早いピッチで酒を呑んだ。まるで、無造作に口に流し込んでいるようだった。意地汚い呑み方であった。

「西川さんはどう思っているんですか？」

「どうって？」

「あの事件の犯人です」

西川は顔を向けてニヤッと笑ってから、

「あんたのご主人じゃないの？」

と、言った。伊津子は眉を寄せた。すると、西川はいきなり笑い声をあげた。

「冗談だよ。本気で、立花くんを疑っていると思ったのかね」

西川は伊津子の肩に手をかけながら笑った。伊津子はさりげなく西川の手を払った。

伊津子はふと、この男が走行ルートを誰かにしゃべったのではないか、と思った。

「西川さん、まさか、あなたが輸送車のルートを犯人に？」

「冗談はやめてくれ！」

西川はムッとしたように頬をふくらませた。

「私だって、あなたがそんなことをしたと思ってはいません。でも、走行ルートを犯人は事前に知っていたんです」

西川は手酌で酒を呑みながら、

「内部事情に詳しい人間にしか出来ない犯行だからな」

と言って、刺身に箸（はし）をつけた。

「犯人を見たのは立花と西川さんしかいません。もう一度、思い出してみてください。あの犯人に心当たりはないでしょうか？」

伊津子はきいた。

「そうだな」

西川は体を徐々に寄せてきた。伊津子は鳥肌（とりはだ）が立った。

「上島さんがあやしいということはないかしら」

伊津子は西川の体をそっと手で押してからきいた。

「上島くん？」

「急に運転の交替を頼むなんて変でしょ？」

「犯人の背恰好は上島くんに似ていたけど、上島くんだったらいつも見慣れているからね。いくら顔を隠していたとしても動作で気づいたさ」

西川は思い出すように目を壁に向けて言った。

しかし、伊津子は上島が問題の日に、腹痛を起こしたことがどうしても気になるのだ。

「それに、上島が金を手にいれたら、半年以上も金に手をつけないっていうことはない。彼は意外と派手好きだからね」

西川は伊津子の胸のあたりに無遠慮に目をやった。

伊津子は腕で胸を隠すようにした。それにしても、襲撃犯は盗んだ金をほんとうにまだ使っていないのだろうか。警察にマークされていて使うチャンスがないことも考えられる。しかし、事件から半年以上経つ。じっと使わずに辛抱できるだろうか。もし、そうなら相当な意志の強さだ。

「上島さん、会社を辞めたそうですね？」

伊津子はお酌をしながらきいた。西川はこぼれそうになったちょこに口のほうを近づけた。

「いつですか？」

「先月だ」

「どうして辞めたのかしら」

「そりゃ、会社にいづらくなったんだ。周囲の目に耐えられなかったのかもしれないな」

西川は舌なめずりした。

「会社のひとは上島さんを疑っていたんですか？」

「警察が疑っていたからね。警察もばかじゃない。遺留品などを手掛かりに捜査をすすめているようだ」

警察もやはり夫ばかりでなく、上島をマークしていたのだ。

「私に対してだって、会社の連中の目は冷たい」

西川が吐き出すように言った。

「西川さんも疑われたんですか？」

「私の場合はそうじゃない。なぜ捨て身で、現金を守らなかったのかという陰口が、あちこちから聞こえてくるのさ」

西川は手を震わせた。

「上島くんだって、いたたまれなくなったんだよ」

西川は銚子に残っていた酒を、グラスについでいっきに呑んだ。

「上島さんは今どうしているんですか？」

「上島くん？　宅配便の会社に入ったらしいね」

「住んでいるところは前と同じところかしら」

「どうかな」

西川はふいに顔を向けた。

「あんたもたいへんだ。結婚して一年足らずでご主人と死に別れたんだからね」

西川は手を伸ばして、伊津子の膝においた。いやらしい男の匂いが鼻にきた。

「夜なんか寂しいんじゃないの？」

西川は顔を近づけてきた。

「やめてください！」

伊津子は思わず大きな声を出した。西川はびっくりしたように目を丸くした。

「誤解だ、誤解ですよ」

西川はあわてて大仰に言った。伊津子は落ち着きを取りもどした。

「あの会社で、事件後、生活が変わった人は他にいらっしゃいます？」

「人の出入りはかなりあったけど、あんな大胆なことをやるような人間はいない」

西川はしんみりとなって、続けて言った。

「若い者はいい。いくらでもやり直しがきくからな。私なんか、定年まで何年もない」

「西川さんはそんなお年？」

「まだ、五十五だ。若いつもりだ。しかし、会社の規則ではもうすぐ仕事を辞めなければならんのだよ」

「どうするんですか？」

「何かしたいんだが、退職金だって雀の涙ほどしかないだろうし……」

「でも、あの会社には長いんでしょう？」

西川はやりきれないようにグラスの酒を喉に流し込んだ。

「そろそろ失礼します」

伊津子が言うと、西川はいきなり手をのばしてきた。びっくりして手を引っ込めると、西川は突然泣き出した。

「私だって、犯人は憎いんだ！」

伊津子は黙って西川の嗚咽を聞いていた。西川は酒癖が悪いようだ。絡みはじめた。

女将に頼んで、伊津子は先に店を出た。

7

土曜日の午後、会社を終わってから、伊津子は上島のアパートを訪ねた。

上島は蒲田の安アパートに住んでいた。駅裏のモルタルの細長いアパートで、電車が通るたびに壁が揺れるようだった。

伊津子は上島の部屋の前に立った。呼鈴を押すと、すぐに中から大きな声がした。扉の内側から音が聞こえ、扉が開いて、女が顔を出した。

「立花です。突然、おじゃまして申し訳ありません」

伊津子は頭をさげた。

「誰なのよ！」

ホステスふうの派手な感じの、荒れた肌をした女だった。上島は昼間から女を部屋に連れ込んでいるのだ。女の後ろから顔をのぞかせた上島は照れ笑いを浮かべて、

「友達です」

と、言い訳のように言った。女は伊津子にやきもちを焼いているようだった。

「同僚の奥さんだ。へんなふうに考えるな」

上島は女を叱りつけた。

「ちょっと、外に出ましょうか」

「ご迷惑だったでしょうか」

「いえ、構いません。ちょっと待ってください」

上島はいったん部屋の中に引っ込んだ。伊津子はドアの外で待った。部屋の中で、ふたりの言い合う声が聞こえた。伊津子は少しドアから離れた。入口の脇に置かれたポリバケツからゴミがあふれ出ている。

ドアの背後で音がした。しばらくすると、ドアが開いて上島が出てきた。

その背後に、女の顔が見えた。真赤なワンピースを着て、バッグを手に持っている。帰るようだった。

女はさっと階段をおりると、小走りになって角を曲がって行った。

上島について階段を降りる途中で、伊津子は心配そうにきいた。

「いいんですか、あの方?」

「なあに、ちょうど帰るところだったんです」

その言い方からすると、どうやら女はゆうべから泊まっていたようだ。

伊津子と上島はスナックの隣の小さな喫茶店に入った。

「先日はわざわざありがとうございました」

葬儀に参列してくれた礼を言った。上島は困ったような顔をした。

「会社をお辞めになったそうですね？」

伊津子は問いかけるように、上島の顔に目をやった。

「誰から聞きました？」

おしぼりを使う手をとめて、上島がきいた。

「先日、西川さんにお会いしました」

「そうですか。西川さん、元気でしたか」

上島はけだるそうにきいた。さっきの女との情事の余韻が残っているような表情をしている。

「あなたがうらやましいって言ってました。会社を辞めても働く場所はいくらでもあるからと」

「周囲の白い目に耐えられなかったんだよ。いつも刑事が監視していましたからね」

上島は広い額に皺を作って言った。

「上島さんはどうして私たちの結婚式に出席してくれなかったのかしら？」

伊津子はかねてからの疑問を口に出した。

「立花くんが呼んでくれなかった」

「あなたと立花との間に何かあったんですか？」

「何かと言いますと？」

「仲違(なかたが)いしていたとか？」

「別にありません。しいていえば、性格の違いでしょう」

「でも、上島さんは立花とよくスナックに行っていたじゃありませんか？」

「それは同僚ですからね。そのぐらいのつきあいは」

上島はそっけなく答えた。伊津子はさっきから、上島の態度に落ち着きがないことに気づいた。

「上島さんは立花の昔のことをご存じだったのですか？」

「昔のことって？」

上島はさっきから伊津子の視線を逃れようとしている。

「あなたは立花との結婚に反対だったでしょ。具体的に反対理由があったからじゃないんですか？」

上島はたばこをくわえた。煙を吐きながら、遠くを見ていた。

「どうなんですか。教えてください」

たばこの灰を床に落として、上島は顔を上げた。

「彼はよくない男とつきあっていたみたいだから、あなたに忠告したんです。それだけですよ」

上島は灰皿(はいざら)でたばこをもみ消した。

「立花は罠(わな)にはまったのだと思っています」

「罠に？」

上島はびっくりしたような表情をした。

「犯人は最初から立花を罠にはめるつもりだったと思います。立花はその犯人がだれか気づいたのではないでしょうか。現金輸送車襲撃事件の犯人を追っているうちに、逆に殺されたんです」

伊津子は上島の顔をじっと見つめた。もし、上島が犯人ならきっと何かの反応を示すはずだと思った。しかし、上島は顔をそっとそむけた。それは、事件とは無関係だからか、あるいは何かを必死に押し隠しているのか、伊津子には判断がつきかねた。

「上島さんは、立花が犯人の一味だと考えているのでしょうか？」

「わからない」

上島は首を振った。

「私は事件を考えてみました。犯人は立花をよく知っている人物でしょう。犯人は夫を見て、『立花じゃないか』と言ったそうですから。この言葉の意味は幾通りか解釈できると思うのです」

伊津子は上島に目を当てながら言った。

「まず、第一は、犯人は立花が運転しているとは思ってもいなかった。だから、立花じゃないかと言ったことです。本来なら、あの日の運転は上島さんでした。犯人は上島さんだとばかり思っていた運転手が立花だったので、思わず『立花じゃないか』と声が出たのです」

上島はコーヒーをすすった。伊津子は続けた。

「次の考えは、犯人は立花に罪をなすりつけようとした。それで、わざと立花の名前を出したのです。この場合は計画的ということになります」

「あなたはどちらだと考えているんですか？」

上島の声が震えているような気がした。

「その前に考えなければならないことは、上島さんから立花に運転が代わったことの意味です」

上島の眉が動いた。

「どういうことです？」

「もし、上島さんが運転していたら、あの犯行の様相は変わっていたでしょうか」

伊津子はじっと上島を見つめた。上島は眉間に皺を作って、

「あなたはぼくが仮病をつかったと思っているんですか？」

と、怒ったように言った。

「いえ、可能性の一つを考えているだけです」

「まあいいでしょう。ぼくにはアリバイがありますからね」

伊津子は黙った。上島にはアリバイがある。しかし、伊津子の上島に対する疑惑は消えなかった。

「じゃあ、ぼくの正直な考えを言いましょうか」

上島は構えるような姿勢になって、伊津子を見据えた。それまでの怯えたような表情から一変した。

「立花くんは、犯人を知っていたはずだ。いや、彼が共犯という意味じゃない。ただ、立花くんはその男になにげなく現金輸送車の走行ルートと時間を教えてしまったんだと思う。結果的に彼は、犯人に協力してしまったんだ」

上島は断定的な言いかたをした。

「そう考えれば、犯人が立花には怪我を負わせなかった理由が立派に説明がつく。犯人は当日、ぼくと運転を交替したことを知らなかったんだから」

「ちがいます。立花に怪我させなかったのは、罪をなすりつけようとしたからです」

伊津子は叫んだ。

上島は不機嫌そうにたばこをくわえた。が、ライターを持つ指先が細かく震え、うまく火が点かなかった。

「ぼくは、もうあの事件に振り回されるのはいやなんだ。忘れたいんだ。いいかげんにしてもらいたい」

上島はいらだったように叫ぶと、伝票を手に立ちあがった。そんな上島の態度を、伊津子は不可解だと感じざるを得なかった。

第三章　夫の過去

1

十二月に入っていたが、冬本番という感じではなく、比較的穏やかな日和（ひより）が続いた。

伊津子は夢を見た。文彦が助けを求めている。夫の傍（そば）に誰（だれ）かいる。伊津子はその男を追った。いきなり、男が振り向いて伊津子に襲いかかってきた。目を覚ますと、首すじにびっしょり汗をかいていた。

枕（まくら）もとにある置き時計を見ると、午前二時になるところだった。伊津子はカーディガンを肩にかけて起き上がった。窓を開けると、冷たい風が入り込んできた。隣家の屋根の上に星が見えた。ぼんやりと夜空を見上げているうちに、体が冷えてきて、窓を閉めた。再びふとんにもぐったが、なかなか寝つかれそうになかった。伊津子は夫のことを考えた。

犯人は夫のことを知っていた人間ではないかということは、伊津子にはほとんど確信に近いことだった。

初めて会ったとき、文彦は伊津子の顔を見て驚いたような表情をした。あれは、伊津子が誰かに似ていたからに違いない。

伊津子は夫の過去に何があったのかを考える。夫の過去のどこかに犯人が潜んでいるような気がした。

眩い陽の光で目がさめた。飛び起きると、九時前だった。完全に遅刻だった。

伊津子は九時を過ぎてから会社に電話をかけた。具合が悪いので休ませて欲しいと、課長に連絡した。そのあと、きく江に代わってもらった。

「たいしたことないの。それより、きょう外注依頼したパンチが出来上がってくるの。悪いけど、その磁気テープを受け取っておいて」

用件を頼んで、伊津子は電話を切った。

午後になって、義姉に電話した。ききたいことがあるので会ってほしいというと、義姉は少し間をおいてから、これから来てくれと言った。

義姉は千葉県に住んでいる。聞いたとおりＪＲ千葉駅からタクシーに乗った。製鉄工場の煙突が見える場所にある社宅に住んでいた。モルタルの三階建ての古い建物であった。

義姉は伊津子を部屋に招じ入れた。子供は学校に行っていなかった。

「何の用なの？」

義姉は冷ややかな声で言った。夫の葬儀の時に、あなたって冷たいひとね、と言われた言葉が蘇った。

「文彦さんの昔のことを知りたいんです」

「昔のこと？」

怪訝そうな表情で、義姉は伊津子を見つめた。

「文彦さんには昔つきあっていた女性がいたんではないですか？」

伊津子はきいた。義姉は顔をそむけていた。

「その女性がどうのと言うのじゃありません。ただ、今度の事件には、文彦さんの昔を知っている人間が関係していると思うのです。ですから、何でもいいから文彦さんの過去を知りたいんです」

伊津子が頼むと、義姉は年齢より老けた顔に憂鬱そうな表情を作った。

「文彦さんは、私にその女性の面影を見ていたような気がするのです。なぜ、文彦さんはその女性と結婚しなかったのですか？」

その女との破局に関連して、夫は誰かの恨みをかっていたのではないか、と伊津子は思っている。

「そのことは、文彦が殺されたことと関係ないと思うわ」

義姉は手をこすりながら言った。

「それだけじゃなくて、私としても文彦さんの過去を知りたいのです。教えてください」

伊津子の意志的な表情に負けたのだろうか、しばらくして義姉の口からため息がもれた。ようやく決心したように、

「じつは文彦には結婚を約束した女性がいたの」

と、目を伏せながら言った。やはりそうだったのか、と伊津子は思った。文彦にそのような女がいたところで不思議ではない。

「その女性はたしかに、あなたと雰囲気が似ていたわ」

義姉が言った。

「その女性はどういう方なのでしょうか?」

「坂本美奈江さんと言って、厚木市内の銀行に勤めていたOLよ」

夫が死体となって見つかったのは、厚木の山の中ではないか。伊津子は内心の驚きを顔には出さずに、義姉に話の続きをうながした。

「今、その女性はどうしているんですか？」

「死んだわ」

「死んだ？　どうしてですか？」

義姉は口ごもった。伊津子はきき返した。義姉は逡巡の末にはっきりと言った。

「自殺よ」

「自殺？」

伊津子は息を呑んでからきいた。

「心中よ。婚約して半月後、小田原の海岸で乗用車の中で死んでいたの」

「心中というと、まさか文彦さんと？」

心中の結果、女だけが死に文彦は助かった。伊津子はそう思ったのだ。だが、義姉は眉のあたりに暗い翳りを作ったまま首を横に振った。

「文彦じゃありません」

しかし、心中の片割れが文彦ではなかったとしても、婚約者に死なれた文彦のショックは想像できた。この事件が文彦の心に澱のようにこびりついていたに違いない。

「相手の男性はどなたなんですか？」

伊津子がきくと、義姉は苦しそうに顔を歪めた。あまりにも苦痛に満ちた顔に、かえって伊津子のほうがとまどった。義姉は額にうっすらと汗をかいていた。

「どうかなさいましたか？」

伊津子はいつまでも黙っている義姉に問いかけた。

「いえ、何でも……」

義姉はハンカチで額の汗を拭いながら、小さな声を出した。そして、顔を向けると、

「もう、この話はやめにしましょう」

と、強い口調で言った。長い苦悶の末の回答がこれだった。伊津子は唖然としたが、すぐに身を乗り出した。

「私は文彦さんの妻なんです。文彦さんに関することなら、何でも知りたいんです。あの人が亡くなった今、何でもいいからあの人のことを知りたいんです」

再び、義姉はうつむいた。それから、また静かな時間が流れたが、ふいに義姉が顔をあげた。目がつりあがっていた。

「わかりました。話すわ」

義姉は言った。伊津子は緊張した。義姉は二度ばかりため息をついてから、

「兄よ。私たちの兄なの」

と、吐き出すように言った。

「文彦の恋人だった人が、兄と心中したというわけ」

「ほんとうですか？」

伊津子は胸を圧迫されるような息苦しさに襲われた。

「なぜですか。なぜそんなことになったんですか？」

「兄はその女性と以前からつきあっていたのね」

義姉はぽつりぽつりと言った。

「お兄さんには奥さんは？」

「いたわ。子供もひとり。兄は銀行員よ。坂本美奈江さんの上司だったの」

義兄と不倫関係にあった美奈江がどういうわけで文彦と婚約するようになったのか。

姉の話によると、義兄が文彦に坂本美奈江を紹介したらしい。

「おそらく兄は美奈江さんと別れるつもりだったんでしょうけど……。別れられなかったのね」

今の話が事実だとすれば、文彦にとって、これほど残酷な出来事はなかったに違いない。

「遺書はあったのでしょうか？」

「なかったわ」

「心中というのは、すぐにはっきりしたのでしょうか？」

伊津子はある想像をして体を震わせた。もし、何者かが二人を殺して心中であるかのように偽装したとすれば、その時の状況次第では、犯人が意図した通りに、心中として決着をつけられてしまうのではないか。

「警察はだいぶ調べていたようだけど……」

「じゃあ、殺人の疑いもあったのですね？」

「ええ……」

義姉は言葉を濁した。おそらく文彦が疑われたのであろう。真っ先に疑われるとしたら、文彦に違いない。

婚約破棄された文彦が嫉妬から兄と元恋人を心中に見せかけて殺害した。こういう解釈もできる。義姉は何も言わなかったが、文彦は警察から徹底的に調べられたのではないか。

「お義兄さんの残された奥さんは今どちらに？」

「川崎に住んでいます」

義姉は住所を教えてくれた。史子と言って子供もひとりいるということであった。

義姉の家を辞去して、伊津子は駅に向かった。義姉の話が、伊津子に屈託を与えていた。息苦しくなって、伊津子は立ち止まって深呼吸をした。見上げると、青空が広がっていた。

千葉駅のステーションビルの中にある公衆電話から、伊津子は文彦の兄嫁のアパートに電話をした。

あの事件があってから川崎にアパートを借りて住んでいるらしい。保険の外交をしているということだった。被害者といえば、彼女こそ最大の被害者に違いない。

しかし、誰も出なかった。仕事に出かけているのだろう。

その夜、伊津子は八時過ぎにもう一度電話したが、やはり虚しいコール信号を繰り返すだけであった。さらに、十一時過ぎにもかけた。だが、相手は留守だった。

翌日の午前中、伊津子は会社からもう一度、電話をした。ベルの音になかなか出ないので留守かと思って切ろうとしたとき、やっとフックの外れる音がした。

「もしもし」

不機嫌そうな声が聞こえた。伊津子はすぐに、

「私は立花伊津子と申します。文彦の妻です」

「そう、文彦さんの……」

史子の口調が変わった。どうやら彼女は寝ていたようだ。無意識に腕時計に目をやっ

だろうか。十時半になるところだ。この時間まで寝ているのだから、ゆうべはだいぶ遅かったのだろうか。

「一度、お会いしたいのですが」

「私に？　なぜ？」

「文彦のことをおききしたいんです。それから」

伊津子は言葉を呑んだ。すぐに、史子が声を引き取った。

「それから、私の夫のことをききたいというのね？」

「はい」

「昔のことだわ」

「三十分ぐらいでもいいんです。お願いします」

史子の返事に間があった。

「文彦さんの奥さんじゃしょうがないか。じゃあ、夕方にアパートまで来てくれる？」

少しなげやりな感じで、史子が言った。

「夕方って何時ごろが？」

「そうね」

再び、間があった。史子は考えているようだった。

「じゃあ、こうして。大井町の駅前に『ボレー』という喫茶店があるの。そこに六時に来てもらえる？」

「大井町ですね。わかりました」

伊津子は素早くメモした。

「あなた、どんな服装？」

史子がきいた。

「薄いピンクのセーターに同じ色のスカートです」

受話器を置いてから、メモを見直した。大井町の『ボレー』という喫茶店。彼女は大井町のほうに働き口を変えたのだろうか。

その夜、伊津子は大井町駅の改札を抜けた。

『ボレー』という喫茶店はすぐにわかった。扉を押して入ると、店内は静かな雰囲気であった。

伊津子はウエートレスにコーヒーを頼んでから、改めて店内を見渡した。男のひとり客が多い。ゲームをやっているようだ。隅にいるアベックはテーブル越しに顔を寄せあっている。ウエートレスは愛想がなかった。ショートヘアの若い娘は真赤な口紅をつけていた。差し出されたコーヒーの受皿を持つ手に派手なマニキュアが塗ってあった。

コーヒーも温くてまずかった。とうていブラックのまま呑めず、ミルクをたっぷり入れ砂糖も加えた。それでも半分飲むのが精一杯であった。

伊津子が文庫本を広げたとき、扉が開いて地味な服装の女が現れた。細い顔に比べてアップにした髪型のほうが大きい、そんな印象の女性だった。伊津子は、一目見て史子に違いないと思った。その女は伊津子の前にやってきた。

「伊津子さん？」

女が声をかけた。伊津子は軽くうなずいた。

「史子さんですね？」

伊津子は立ちあがってきいた。史子は腰を下ろしてから、やってきたウエートレスに明るい声でコーヒーと言った。

「この近くの会社に仕事でよく来るのよ」

史子はやはり保険の外交員をしているらしい。

「私に用って何？」

水をいっきにグラス半分ほど飲んでから、史子が言った。文彦の姉に会って昔の事件のことを聞いたのだと前置きして、伊津子は史子に聞いた。

「ご主人は長い間、坂本美奈江さんとつきあっていたのでしょうか？」

「そうらしいわ。私はずっと裏切られていたのよ」

史子はとがった顎を突き出すようにして言った。気の強そうな性格が現れた。

「そのことをご存じだったのですか？」

「薄々、女がいることは気づいていたわ。相手が誰かは知らなかったけど」

「ご主人と美奈江さんの関係を、文彦さんは？」

「主人に女がいるらしいと、文彦さんに相談したことはあるわ。でも、文彦さんもまさかその相手が自分の婚約者だなんて考えもしなかったでしょうよ」

「文彦さんはその女性とどうして知り合ったのかしら？」

「主人がふたりを引き合わせたの」

「どうしてでしょうか？」

伊津子は身を乗り出してきいた。

「たまたま、正月に文彦さんが厚木の実家に帰ったときに、銀行の方々も年賀に来てね。その中に彼女もいたの。そのとき、文彦さんが一目惚れしたのよ」

「でも、美奈江さんは断ればよかったんでしょうに」

「小田原市内のレストランで主人とふたりでいるところを銀行の部長に見られたらしいわ。だから、関係を清算しようとしたんでしょうね。でも、結局、ふたりは別れられなかったのね」

史子は他人事のように言った。

「文彦さんも私も被害者よ」

史子はふとため息をついて、

「そういえば、あなたもひとりぼっちになったのね」

と、同情するように言った。

「そろそろ、行かなければ。仕事なの」

いそいそと去っていく彼女を見送ってから、伊津子は伝票をつかんで立ち上がった。

2

伊津子は心中事件の関係者を調べることにした。

翌日も会社を休んで、もう一度、ひとりで厚木に行った。厚木市は神奈川県のほぼ中央部に位置する住宅、工業都市である。そして、西部は丹沢山地という山岳地帯に連なっている。

西和銀行厚木支店は小田急の本厚木駅から歩いて数分、スーパーの並びにあった。伊津子は受付に行って、美奈江と親しかった女性行員に面会を申し込んだ。しかし、美奈江が心中事件をおこしたのは四年前のことで、彼女と同期のものはほとんど退職していた。が、ひとりだけ、ベテランの女性行員が残っていた。

昼休みのわずかな時間に、彼女は制服姿のまま、伊津子が待っている喫茶店にやってきた。

背の高い美人であった。ちょっととっつきにくそうな印象だったが、話してみるとだいぶ印象が違った。

「何にしようかしら」

彼女は迷ってからアイスクリームを注文した。

「美奈江さんと立花課長の仲をあなた方も知らなかったのですか?」

「ええ、信じられませんでした。立花課長はまじめ人間で通っていたひとでしょう。美奈江とあんなことをするなんて」

「美奈江さんというのはどんな女性だったのですか?」

「そうですねえ。意外とロマンチックで、情熱家でした」

「彼女にはほかにつきあっているひとはいなかったんですか?」

ウエートレスがアイスクリームを持ってきた。その間、話は中断した。

「さあ、彼女、ボーイフレンドはいたんじゃないかしら。結構もてたようですから」

スプーンを持って、女性行員がつぶやくように言った。

「特に親しいひとというと？」

「さあ、皆平等につきあっていたみたい。今から考えると、立花課長との仲をうまく隠すための作戦だったのかもしれないわ」

特に目新しいことは聞けなかった。

「心中する前の日、ふたりの様子はどうだったのでしょうか？」

「どうって……。特別変わった様子は感じられなかったけど」

スプーンを動かす手をとめて、彼女は丸い目を伊津子に向けた。

「美奈江さん、どこに住んでいたのですか？　御家族の方にお話を伺いたいと思っているので……」

「相模大野（さがみおおの）です」

伊津子は相模大野の住所と電話番号を教えてもらって、美奈江の元同僚と別れた。本厚木駅にもどってから、伊津子はさっそく電話をかけてみた。用件を言うと、日曜日にしてほしいということだった。

日曜日になって、伊津子は坂本美奈江の家族を訪ねた。風がなく、穏やかな陽気だった。

小田急の相模大野駅から歩いて二十分ほどの閑静な住宅街にあった。

美奈江の父親が相手をしてくれた。厚木市内の会社の役員をしているらしい。六十前後の鼻筋の通った男だった。父親は伊津子の顔を見て、微かに眉を動かした。やはり伊津子は美奈江に雰囲気が似ているのだろうか。

そのせいか、父親はいやな顔を見せずに、伊津子の質問を受けてくれた。それより、伊津子が娘の婚約者だった男と結婚した相手であり、しかもその男が不審な死をとげている――そんなことに何かの因縁を感じたのかもしれない。

伊津子は居間に招じ入れられた。茶ダンスの上に写真が飾ってあった。若くてきれいな女が写っている。美奈江だろう。

父親は伊津子の前に腰をおろした。

「娘は文彦くんと婚約までしたんです」

父親は目を細めて言った。父親の胸の中で、どのような思いが去来しているのであろうか。

「あの娘もばかな女だ。あんな妻子持ちと……。私は文彦くんとの結婚を喜んでおったんです」

父親がくやしそうに言った。

「美奈江さんは、銀行に勤めていらしたそうですね?」

「西和銀行の厚木支店です」

「立花の兄と美奈江さんのことはまったくお気づきにならなかったのですね?」

「ええ、仕事の上ではいろいろ可愛(かわい)がってもらっていたようですが、まさかそんな仲になっているとは想像もつきませんでした」

父親は顔をしかめた。

「あの男はひどい人間だ。自分の部下をおもちゃにしおって、そのあげく生命までも奪ってしまうなんて——」

父親は文彦の兄のほうから無理心中を図ったと考えているようだ。

「美奈江さんが亡くなった日のことですが?」

「あの日、美奈江は、文彦くんに会うと言って、出かけたんです」

「立花と?」

「それは嘘(うそ)だったんです。私たちや世間をだましていたんです」

「遺書らしきものは何もなかったのですね?」

「ありませんでした」

「立花はふたりが死ぬまでふたりの関係を知らなかったのでしょうか」

「あの娘は誰にもわからないようにつきあっていたと思う」

「美奈江さんにご兄弟は？」

「姉がいるだけです」

「失礼なことをお訊ねしますが、美奈江さんには立花以外につきあっていた方はいらしたのでしょうか？」

「つきあっていた男？」

父親は首を傾げた。

「さあ、そのへんのことは知りません」

父親は寂しそうに言った。

「そろそろ、部屋の片づけをしなければならんのですが」

父親が話を打ち切るように言った。

「美奈江さんはどこの高校だったのですか？」

伊津子は最後にきいた。

「県立北条高校です」

伊津子は父親にあいさつして辞去した。玄関に立って淋しげに、いつまでも見送ってくれた姿が、帰りの電車に乗り込んでも、伊津子の脳裏から離れなかった。

翌日の夕方、伊津子は原宿へ行った。駅の改札を出て歩道橋を渡ると、冷たい風が吹きつけてくる。若い男女であふれるこの街の華やかな光景も、今の伊津子の目には無縁な、寒々としたものとしか映らなかった。

スナック『亜里』は明治通りを越えた裏通りにあった。伊津子は扉を開けた。照明が明るい。まだ、六時の開店時間には間があった。

ヒゲを生やしたマスターがカウンターの中から大きな目を向けた。

「いらっしゃい」

ヒゲの中から浮かび上がるような白い歯を見て、伊津子は思わず顔がほころんだ。だが、次第になつかしさと悲しみがないまぜになってきた。

マスターが気をきかしたように照明を少し落とした。

「お久しぶりですね」

カウンターに腰を下ろすと、マスターはにこやかな顔で言った。

「ほんと、去年の暮れ以来だわ」

伊津子はカウンターの上をなでながら言った。手の感触が、文彦の記憶を蘇らせた。伊

津子はあわてて、

「ビールをいただこうかな」

と、言った。

「きょうは、マスターひとり？」

いつもいた女の子の姿が見えないので、伊津子はきいた。

「辞めてもらったんですよ。今、新しい女の子を探しているところです」

マスターはグラスを置いてビールを差し出した。伊津子はグラスをつかんだ。

「私、やとってもらおうかしら」

「結構ですね」

ビール壜をもったままマスターは、本気とも冗談ともつかぬ口調で言った。

「でも、だめよね。おばさんだもの。ねえ、マスターもいかが？」

「そうですね。じゃあ、いただきましょうか」

マスターは文彦の死を知っていて、あえてそれに触れようとしなかった。伊津子の悲しみを敏感に感じて、気を使っているのだ。

「ねえ、マスターの別れた奥さんは今どうしているの？」

「さあ、どうしているんでしょうね」

マスターはグラスを置いてから言った。ヒゲがあるから老けているように見えるが、案外と若いのかもしれない。

「もう、二年ですからね」

「でも、マスターにはちゃんと後釜（あとがま）がいるんでしょう？」

「ご想像にお任せしましょう」

マスターは目を細めて言った。

「ずいぶん静かね」

「そうですね」

「マスター、ちょっとおききしたいんだけど」

伊津子はグラスを空（から）にしてから、マスターの顔を見つめた。

「なんです？」

マスターはグラスにビールをついだ。

「立花と上島さんはいつごろからこのお店に来るようになったのかしら」

「二年ばかり前からです」

「ここで上島さんと親しいお客さん、いました？」

伊津子がきくと、マスターが妙な顔をした。

「ひとりでやってきた客と親しそうにしていたことがありました。でも、いったい、どうしたんです？」

マスターは答えたが、すぐに心配そうな顔をした。伊津子は無視してきいた。

「そのお客さんの名前はわかりますか？」

「去年の秋ごろ、二度ほど来ただけで、それきりここには来ませんから。背が高くスマートだったという記憶はあるんですがねえ」

「その男は立花を知っていたのでしょうか？」

「確か、ここで一度ぐらい顔を合わせたんじゃないかな」

伊津子は頭の中でその男の存在を膨らました。文彦が酒に酔って輸送ルートをぽろっと漏らしてしまった可能性もある。しかし、上島とその男が仲間で、夫を罠にはめたと考えたほうが自然なような気がするのだ。

「じつは、立花さんが同じことをききにきたことがあるんです」

「ほんとうですか？」

伊津子は思わず声を高めた。

そのとき、扉が開いてサラリーマンふうの男ふたりが入ってきた。伊津子はグラスにわずかに残っていたビールを口に流し込んだ。お客ふたりの注文を聞いてもどってきたマス

ターに、

「いつごろのことですか?」

伊津子はきいた。

「十月の終わりか十一月のはじめだったと思いますよ」

殺される数週間前だ。やはり、夫も上島に疑惑を向けていたに違いない。

「立花は何か言っていましたか?」

「いいえ、ただ、壁をじっとにらみつけているだけで、何もお話しになりませんでしたよ」

マスターは答えてから、真剣な顔をして、

「よけいな口だしをするつもりはありませんが、気をつけてくださいよ」

と、注意した。

「ありがとう。お勘定（かんじょう）してちょうだい」

「たまには気分転換に来てくださいな」

マスターはヒゲの中から白い歯を見せて笑った。

3

伊津子は上野北署に大井警部補を訪れた。電話で申し込んでいたので、指定された時間に行くと、大井警部補は待っていてくれた。警部補は自分の机の傍に椅子(いす)をひいて、伊津子に座るように言った。ちょうど、外から帰って来たばかりで、報告書をまとめていたところらしい。

「その後、捜査のほうは?」

伊津子はそっと訊ねた。

「正直なところあまり芳(かんば)しいものではありませんね」

大井はため息まじりにつぶやいた。伊津子は決心したように口を開いた。

「上島公一さんをちゃんとお調べになっているのでしょうか?」

大井警部補の目が光った。少し、身を乗り出すような恰好(かっこう)で、

「何かわかったのですか?」

と、きいた。伊津子は日記帳を取り出した。

「これは主人が書き残したものです」

そのページを開いて、伊津子は大井警部補に見せた。余白に上島という文字が書かれている。

「俺は真犯人を見つけた、と主人は言っていたんです。あとで、日記帳を開いたら上島と書いてありました。あの夜、主人は上島さんを訪ねたんだと思います」

「しかし、これだけでは同僚の上島さんと断定することはできませんねえ」

大井警部補は少し迷っていたが、決心したように言った。

「確かに、十一月二十日の夜、上島さんのアパートの近くでご主人らしい男性が目撃されています。しかし、その男がご主人だという証拠はないんです。仮に、ご主人だったとしても、別な用であの周辺にいたかもしれませんからね」

「そんなはずはありませんわ。だって、そうでしょう。この日記帳に書き残した意味を考えれば……。少なくとも、上島さんから事情を聞いてもいいと思いますが」

伊津子の強い調子に、大井警部補は顔をしかめたが、

「じつは、捜査本部のある厚木署に上島さんを参考人として呼んで、すでに事情を聞いているんです」

と、打ち明けるように言った。

「上島さんは二年ほど前に、七沢温泉に宿泊していることがわかったんです。つまり、あ

の付近には土地勘があると考えることが出来るんですね。それで、事情を聞いたのです」

「上島さんは何と？」

「もちろん、上島さんは否定されました。それに」

大井警部補は伊津子の顔を見つめて続けた。

「彼にはご主人を殺さなければならない動機がないんです」

「動機はあります！」

伊津子は思わず叫んだ。

「主人は、上島さんが現金輸送車襲撃事件の犯人だと見抜いて近づいたのです。だから、上島さんは主人を」

「奥さん」

大井警部補が口をはさんだ。

「残念ながら、上島さんには現金輸送車が襲われた時間のアリバイがあるんですよ」

「でも、当日に急に腹痛を起こすなんて妙じゃありませんか」

「上島さんが犯人の仲間だとしても、そのまま乗務してもよかったじゃありませんか。いや、かえって犯人にとって都合よかったかもしれませんよ」

「あれは、主人に罪をなすりつけるためにやったことです」

「何のために、ご主人を罠にはめる必要があったと言うのですか？　上島さんはご主人を恨んでいたんですか？」

伊津子は返答に窮した。もし、上島が文彦を恨んでいるとしたら、自分のことが原因になっているのかもしれない、と伊津子は思ったのだ。しかし、上島が自分を愛していたという証拠はない。伊津子がうつむいていると、大井警部補がなぐさめるように言った。

「奥さん、いずれにしても、ご主人が殺されたことと現金輸送車が襲われた事件はどこかで繋がっているはずです。今後も、厚木署の捜査本部と協力して捜査をすすめていきますから」

伊津子は上野北署の玄関を出たところで、空を見上げた。厚い雲が西から東へ早い速度で流れていた。風が強い。天候は荒れ模様だった。

帰宅する電車の窓から、降り始めた冷雨に煙った街の風景を見つめながら、伊津子は上島に直接会ってみようと考えた。

その夜、伊津子は上島のアパートに電話をした。すぐに、上島の声が聞こえた。

「もしもし、立花です」

伊津子が言うと、上島はすぐに答えなかった。気のせいか警戒しているような気配がした。

「お願いがあるんです」

伊津子は言った。

「夫が発見された場所に花束を捧げたいと思い、できたらごいっしょしていただけたら」

伊津子は上島を誘った。

「どうしてぼくに？」

上島が小さな声できいた。

「立花と知り合ったのも上島さんといっしょのときでした。だから、上島さんにも行っていただくと、立花も喜ぶと思ったものですから。それに、私には相談するひともいないし」

返答まで、だいぶ間があった。もし、断られたら何と言おうかと考えていると、

「わかりました」

という上島の声が聞こえた。

受話器を置いたあと、伊津子はふうと大きく息を吐いた。知らないうちに緊張していたのだろう、手に汗をかいていた。

土曜日、伊津子は上島と新宿で落ち合った。

小田急改札前にやってきた上島はチェックのコートを着ていた。心なしか、顔色が悪

い。

「待ちましたか」

人混みの中から現れた上島は、硬い表情で言った。

「切符、買っておきました」

伊津子は上島のぶんを渡した。ぎこちなく上島は受け取った。

ロマンスカーにはふたりで並んで座った。気のせいか、上島は落ち着きをなくしているように思えた。車内は暖房がきいていて暑いくらいだった。上島はコートを脱いで網棚に載せた。

小田原行き小田急ロマンスカーがゆっくり発車した。

伊津子はときどき上島を観察した。もし、上島が立花を殺害した犯人ならば、現場に立たせれば何らかの反応を示す。そう考えたのだ。しかし、上島が犯人なら、伊津子だって危険な目に遭う可能性もある。これは賭けなんだと、伊津子は考えている。

「私、上島さんが結婚式に出席してくれなくて寂しかったわ」

密集した家並が途切れてきたころ、伊津子はつぶやくように言った。上島は伊津子に一瞥をくれたが、すぐに顔を真正面にもどした。

「前にもお聞きしたことがありますけど、上島さんは、私と立花との結婚に、どうして反対だったんですか？」

　上島は眉をひそめた。

「立花くんの性格からみて、あなたと合わないと思ったんですよ」

「それだけの理由で？」

　伊津子はきき返した。上島は黙っている。伊津子は思い切って言った。

「彼の婚約者が四年前に心中しているんです。そのことを上島さんは知っていたんじゃないんですか？」

「初耳ですね。その話」

　上島はとぼけていると、伊津子は思った。上島は反対側の窓の外の風景を、ながめていた。伊津子の質問を拒絶するような姿勢だった。

　しばらくして、上島は顔を伊津子に向けて言った。

「立花くんは、妙な連中とつきあっているようでした。だから、そんな男にあなたを渡したくなかったんですよ。このことについては、前にも話しましたね」

「その男に会ったことがあるんですか？」

「ありません」

「原宿の『亜里』で知り合った男性というのはどなただったんですか？」

「さあ、ほかの客とも話したりしますからね」

上島は再び反対側の窓に顔を向けた。伊津子もそれきり口を閉じた。

「あなたは立花くんと結婚してしあわせでしたか？」

外の風景に緑が多くなってきてから、上島がきいた。ふいな質問に、伊津子は戸惑いを覚えたが、ためらわずに、しあわせだったと答えた。そして、

「だから、夫を私から奪った犯人を許せないんです」

と、伊津子は強い口調で言った。

上島は一瞬寂しそうな顔をした。

「ぼくは……」

何かを言いかけて、上島は口を閉ざした。そんな上島の様子を、伊津子は不思議そうに見つめた。

本厚木に着いた。大勢の降車客に混じって、伊津子と上島はホームにおりたった。

改札を出て、狭い広場を突っ切った。厚い雲が広がり、どんよりした空だった。冷たい北風が吹きつけた。

スーパーの横手のバス乗場から七沢温泉行きのバスに乗り込んだ。

車窓の前方に見える冬枯れの山の風景を見ながら、文彦の遺体を確認しにやってきたと

きのことを思い出した。

（あなたを陥れた人間を必ず見つけ出すわ）

前方に見える山に向かって、伊津子は心の中で叫んだ。文彦との最後が喧嘩別れだったことが、伊津子の心にいつまでも残った。夫は寂しかったのに違いない。だから、やみくもに犯人を探しだそうとして、無謀な真似をしたのではないか、伊津子はそんなふうに思っていた。

七沢温泉口でバスから降りた。バス道から山道に入り、坂道を登った。

「上島さんは、この辺りに来たことはあるんですか？」

伊津子は前を行く上島の背に向かってきいた。

「いえ、ありません」

上島が強い声で言った。伊津子には上島の背が心なしか強張っているように思えた。

十分ほど登って道から外れ、樹木の中に踏み込んだ。

夫が死んでいた場所にはもう草が生えていた。伊津子は用意してきた花を手向け、手をあわせた。ふと、横を見ると、上島は別な方向を見ていた。

「立花は現金輸送車を襲撃した犯人を探り当てたんです」

伊津子は上島に言った。眼下に、樹木の間から旅館の赤い屋根が見える。

「でも、逆に殺されてしまったのです」

伊津子が言うと、上島は顔を向けた。

「そんなことは考えられないですね」

「どうしてですか?」

「考えてもごらんなさい。警察の捜査にもひっかからない犯人を、立花くんがひとりで探し出せるわけはないでしょう?」

「いえ、真犯人は立花を知っている人間です。立花の過去に、必ず登場する人物だと思います」

上島が笑った。

「そんなことは考えられないな」

伊津子は夫の倒れていた辺りに目をやった。北風が樹木を震わせた。体が冷えてきた。

「あの事件の一カ月ほど前から妙な男から電話があったわ。計画は予定どおりだとか、意味ありげな言葉を言っていた。でも、今から考えるとてもおかしいの。だってそうでしょう。もし、襲撃犯人の仲間なら立花の勤務時間をちゃんと知っていて、その時刻に立花が家にいるかいないかわかっていて当たり前でしょう。いないと分かっている時に電話をしてきて、妻にもそんな大事なことを漏らすなんて、おかしいとお思いになりません」

伊津子は上島を見つめた。上島はコートの襟もとに手をやって、顔をしかめていた。

「あれは立花を罪に落とすための偽装だわ」

「偽装？」

「立花はイタズラ電話だといって取り合わなかったの。私は嘘をついているのかと思ったわ。でも、立花はほんとうにイタズラだと思っていたんじゃないかしら」

「しかし、襲撃犯と立花くんが仲間だったという可能性のほうが高いんじゃないか。もし、立花くんが殺されたのだとしたら、仲間割れで殺されたと考えたほうが自然だよ。ここに来た理由もそれで説明がつく。仲間が厚木に住んでいるんじゃないかな」

文彦の婚約者が勤めていた銀行は厚木、そして文彦の死体が発見されたのも、この厚木——厚木がこんどの事件の重要な舞台となっていることは伊津子にもよく理解できることだった。

警察も上島と同じ仲間割れという見方をしている。ただ、違うのは警察は上島も仲間だと思っていることだ。

「あの事件の当日、上島さんは急の腹痛を起こしたということですね」

「また、その話ですか。冷蔵庫にずっとしまっておいた煮込みが傷んでいたんですよ。食当たりをしたんです」

「上島さんが現金輸送車を運転していたら、事件はどうなったと思います？」

伊津子はさらにきいた。上島は顔をしかめた。

「きっとぼくが立花くんと同じ目に遭っていたでしょうね」

上島は腕時計を見て、

「さあ、そろそろ引き揚げましょう。バスの時間ですよ」

と、話を中断するように言った。しかし、伊津子は続けた。

「上島さんと立花が運転を代わったことによって、疑いは立花に向かったわ。もし、犯人が立花の仲間だったら、警察の疑いを招かないようにするためにも、立花に怪我をさせるべきだったんじゃないかしら」

「さあ、それはどうかな」

「上島さん、あなたは立花が失踪した日、どこにいらしたのですか？」

伊津子が問い詰めるように言った。

「へんなことをきかないでくださいよ。まるで、アリバイを確かめているみたいに」

「立花はあなたに会いに行ったんじゃないですか？」

「ばかな。それじゃ、ぼくが立花くんを殺したというふうにとれるじゃないか」

上島は身構えるように伊津子を真正面から見すえた。

「立花は、犯人は俺たちの知っている人間だ、と話していました」

「立花くんの知っている人間はたくさんいるでしょう。ぼくだという証拠はない」

「私の日記帳にあなたの名前が書いてありました」

上島が恐ろしい形相（ぎょうそう）で、伊津子をにらんだ。伊津子は思わず体を引いた。しかし、上島はコートのポケットに両手を突っ込み、道のほうに歩きはじめた。伊津子はあとを追って、なおも話を続けた。

「私は不思議に思っていることがあるんです。犯人は未（いま）だにお金を使っていないでしょう。どうしてかしら？」

「使っていないってどうしてわかるんです？　盗まれたお札に印がついているわけじゃない。どこかで、こっそり使っているかもしれない」

「私はそう思いません」

「じゃあ、ほとぼりがさめるのを待っていると言うんですか？」

「そうだと思います。金遣いが荒くなれば警察に目をつけられてしまいます」

「事件からもうずいぶん経（た）ったんですよ。大金を目の前にして、そんなに辛抱できるもんですかねえ」

「犯人はそれをやっているのだと思います」

伊津子は上島の顔を見た。上島はとまどったように、

「一億五千万もの金ですよ。使わずにいられるほど、犯人に余裕があるとは思えないですね」

と、言った。それから、薄暗くなってきた空を見上げて、

「さあ、帰りましょう。バスに乗り遅れる」

と、逃げるようにさっさと先に歩いて行った。

帰りのバスの中で、上島はひとことも口をきかなかった。

4

伊津子は会社を退(ひ)けると、渋谷のにぎやかな街に出た。クリスマスが近づき、商店街や飲食街は活気があった。その喧噪(けんそう)の中を伊津子はひとりで歩いた。

伊津子は何となく夫殺しがこのまま迷宮入りになるような気がしていた。

デパートの前を通りかかったとき、伊津子は去年、このデパートで文彦へのクリスマスプレゼントを買ったことを思い出した。伊津子はデパートに入っていった。今年も文彦に贈ろうと、伊津子は考えた。ネクタイ売場で、文彦に似合う柄(がら)を選んでいると、まだ文彦

が生きているような気がしてきた。

　クリスマスイブを、伊津子はひとりでアパートで迎えた。小さなケーキを買ってきて、写真の文彦にも分けて与えた。

「はい。プレゼントよ」

　伊津子はネクタイの包みを写真の前に置いた。夫が笑ったような気がした。

　急に、伊津子に悲しみが襲った。伊津子は食卓に突っ伏して思い切り泣いた。涙の涸れるまで泣こうと思った。

　ひとしきり泣いたあと、伊津子は立ち上がって洗面所に行った。髪は乱れ、目のふちは涙で濡れ、化粧の剝がれた顔が、鏡の向こうにあった。

　冷たい水で顔を洗ってから、伊津子は台所に行った。半分ほど残っているウイスキーとグラスを持って居間にもどり、お湯割りをつくって呑んだ。夫はいつもこうして呑んでいた。何杯かお代わりをした。だんだん、顔が熱くなってきた。

　伊津子はその夜がほんとうの文彦との別れのような気がしていた。いつまでも、思い出にしがみついてもいられない。もうそろそろ、夫のもとから飛び立ってもいい時機なのではないかと思った。

　伊津子がそう考えたのは、その日の昼間、部長から注意されたからだ。

「最近、ちょくちょく休むし、仕事のほうもおろそかになっているね。ご主人が亡くなってショックを受けていることはわかるが、そろそろ立ち直らなければいけないんじゃないか。君だって、まだ若いんだ」

伊津子は仕事上のことで、同僚に迷惑をかけていることが気になっていた。夫の死を厳粛な事実として受け止め、これからは自分ひとりで生きていかなければならないのだ。

伊津子は、きょうが文彦との別れの儀式のように、ウイスキーを呑み、床に入ったのが何時ごろだったのか、まったく覚えていなかった。

眩い陽の光で目がさめた。頭が痛い。二日酔いだ。枕もとの時計を見ると、八時になるところだった。伊津子はあわてて起き上がった。

伊津子は正月を実家で過ごすことにして、大晦日に飛行機で博多に帰った。

久しぶりの故郷は伊津子の気持ちを落ち着かせた。傷心の娘をいたわろうとして優しい両親の気持ちにはげまされ、夫の死も、徐々に遠くになろうとしていた。これからの自分を大事にしようと思った。

正月三日に東京にもどってきた。

また、会社に通勤する毎日がはじまった。

しばらくして、伊津子のアパートに電話があった。

「上島です。いつぞやは失礼しました。今度、結婚することになったんです」

「そうですか。あの方？」

伊津子はアパートで見かけたことのある女の顔を思い出した。

「明日、お時間ありませんか。ぜひ、あなたと会いたいんですよ。あなたに白い眼で見られたままでは気が重いんです。ぜひ、あなたと話がしたい」

上島に対する疑惑は消えないが、警察の捜査に任せることにしたので、伊津子は平静に上島の声を聞くことができた。

「わかりました。どこに？」

「そうですね。原宿の『亜里』ではどうです」

翌日の夕方、『亜里』に出かける時間が近づいて、伊津子が仕事を切り上げようとしていると、深井から電話があった。

「しばらく。どう、その後？　少しは落ち着いた？」

深井が快活に言った。

「ええ、おかげさまで。もうだいじょうぶですわ」

伊津子は素直に答えた。

「そう、よかった。一度会いたいんだ。今夜どう？」

「今夜は用があるの。そうね、八時半ごろなら構わないけど」

上島とはあまり長い時間いっしょにいるつもりはなかった。警察にすべてを任せると割り切ったとはいえ、やはり、上島は夫を殺した犯人かもしれないからだ。

「原宿の改札口に、八時半ではいかが？」

「わかった」

伊津子は時間を決めてから、受話器を置いた。

残っていた仕事のけりをつけてから、伊津子は会社を出た。

『亜里』の扉を押すと、まだ、上島は来ていなかった。

「この前より、だいぶ顔色がよくなりましたね？」

カウンターに腰を下ろすと、マスターが言った。

「この前は、どこか思い詰めたようで表情もきつかった。きょうは何だか、独身時代のあなたにもどったみたいですよ」

そうかもしれない、と伊津子は思った。あの時は夫を殺した犯人を見つけるのだと、伊津子は神経を張り詰めていた。それをすっかり消そうと努めているのだから……。

「きょうは、おひとり？」

「上島さんと待ち合わせなの」

「ほう、上島さんと？」

マスターが意外そうに言った。

約束の時間を十五分ほど過ぎてから、上島が扉を開けて入ってきた。コートを脱いで、上島は寒そうに体を丸めて伊津子の隣に腰をおろした。

「遅くなりました」

「いらっしゃい」

マスターがおしぼりを上島に差し出した。

「マスター、おなかが空いているんだ。何か作ってくれないか」

はいと言ったマスターの顔が、入口のほうに向いた。一瞬、眉をひそめたので、伊津子は気になって振り向いた。

三人組の人相のよくない男が入ってきた。マスターの様子から初めての客のようだった。ひとりは、特徴があった。鼻が異様に大きいのだ。いかつい顔に凄みがあった。三人ともパンチパーマだった。彼らは、奥のテーブルに座った。

鼻の大きい男が自分のほうに目をやったので、伊津子はあわてて顔を正面にもどした。

マスターが上島のボトルを出して、水割りをつくって上島の前に出した。

「警察に疑われるのはいいけど、あなたに疑われるのは辛(つら)いんですよ」

グラスを手に持って、上島が口を開いた。

「あのことはもう出来るだけ考えないことにしているんです。いつまでも死んだひとのことを考えていてもしかたないですものね。立花は私の心の中でいつまでも生き続けるのだし……」

伊津子は言った。

「それより、ご婚約おめでとうございます」

伊津子は水割りグラスを目の前の高さに上げて言った。

「いや、めでたいということもないね。あの女に強引につかまっちゃったようなものだから」

「そんなこと言っていいのかしら。お名前は何ていうの、彼女?」

「秀子(ひでこ)です」

上島はたばこを取り出してから、

「立花との結婚を反対した理由を教えましょうか?」

と、言った。伊津子が顔を向けると、上島はたばこに火をつけて大きく煙を吐いた。

「あなたを立花に取られるのがしゃくだったんですよ」

上島は熱っぽい眼差(まなざ)しを向けた。伊津子はその視線を外し、そっと顔を横に向けた。すると、暴力団ふうの鼻のでかい男がじっとこちらに目を向けていた。

伊津子は薄気味悪くなった。伊津子の様子に気づいて、上島も言った。

「さっきからあなたを見ているな」

「いやだわ」

伊津子はグラスの中の琥珀色(こはくいろ)の液体をながめながら、あの連中が普通の人間たちではないことぐらいはわかるが、だけど、何者なのだろうか、と考える。なんとなく気になる男たちだった。

伊津子は腕時計を見た。八時をまわっていた。

「私はそろそろ帰らないと」

と言って、伊津子は残っていた水割りを呑みほした。

「もう帰るの？」

上島は不満そうに言った。

「上島さんはもっとゆっくりしていってください。秀子さんとおしあわせに」

「あなたのしあわせも祈っていますよ」

上島が笑顔を見せた。伊津子はコートを着て、外に出た。駅に向かって歩く途中で、伊津子は振り返った。すると、例の三人組がスナックから出てきた。伊津子はかけ足になって、信号を渡った。

歩道橋の上から原宿駅前を見ると、大勢のひとで混雑していた。階段を下りると、長身の深井の姿が自動券売機の前に見えた。伊津子に気づくと、深井はこっちに向かってきた。

「しばらく」

深井は伊津子の顔をまじまじと見て、

「だいぶ元気そうだ」

と、スナックのマスターと同じようなことを言った。

「新宿に行こうか」

深井はそう言って、ちょうど来たタクシーをつかまえた。タクシーの中で、深井は無言だった。伊津子も黙って明かりの消えたビルの光景を眺めていた。

伊勢丹の横でタクシーをおりた。以前、深井と入ったことのある居酒屋に入り、カウンターに並んで座った。

こうして深井と会っていても、もう後ろめたさを感じる必要はないのだ、と伊津子は自分に言いきかせていた。

「何を考えているの？」

銚子を差し出して、深井がきいた。

「別に。ただ、あなたとこうしていることが不思議な気がして……」

伊津子はちょこを両手で持った。

「奥様はお元気？」

伊津子は、顔も知らない深井の妻のことを訊ねた。すると、深井は、ふと寂しそうな顔をした。

「そんな話、やめよう」

自嘲ぎみに笑って、深井はちょこを口に運んだ。その様子を見て、深井は細君と必ずしもうまくいってはいないのではないか、と伊津子は思った。その後、深井は二度と妻とのことに触れようとしなかった。

「そろそろ、出ようか」

腕時計を見てから、深井が言った。十一時をまわって、店の客も少なくなっている。

外に出たとき、頬に冷たいものが当たった。

「あら、雪よ」

伊津子は手をかざして言った。雪が舞いはじめてきた。火照（ほて）った顔に心地好（よ）かった。自然と深井が伊津子の肩に手をまわしてきた。

伊津子はだいぶ酒を呑んでいる。理性をわざと失うように呑んだのだ。伊津子が足をよろけさせると、あわてて深井が両手で支えた。深井の温（ぬく）もりが伝わった。伊津子は深井の胸に顔をうずめた。なつかしい深井の息遣いが耳もとに聞こえた。

深井がホテル街に足を向けた。それは、用心深い歩みだった。いつだったか、伊津子はホテルの前から逃げ出したことがあった。深井はあのことを覚えているのだろう。

伊津子は気がつくと、ホテルの部屋の中にいた。

深井の手が肩にかかる。いやっと、伊津子は形ばかりの抵抗をした。深井は乱暴に、伊津子をベッドに押し倒した。深井の息遣いを耳のそばで感じながら、伊津子は文彦の顔を思い浮かべていた。

翌朝、食事が終わって、茶碗（ちゃわん）を片づけていると、チャイムが鳴った。伊津子は手を拭（ふ）いてから、玄関に出て行った。ドアをどんどん叩（たた）いている。乱暴な訪問者だった。

「どちらさまですか？」

伊津子はドアの内側から声をかけた。

「私よ。上島のアパートで会ったでしょう」

伊津子は秀子という名前を思い出した。その女がなぜ訪ねてきたのか、伊津子はいぶかしく思った。

ドアを開けると、廊下に派手な化粧の女が立っていた。やはり、アパートで見かけた女だった。

「秀子さんね？」

「ちょっと、入れてもらうわ」

いきなり彼女は、伊津子を押し退けて玄関に入った。

「いったいどうしたというの？」

あわてて伊津子は声をかけた。しかし、秀子はかってに靴を脱いで部屋に上がった。

「どこにいるの？　隠れていないで出てきなさいよ！」

秀子はヒステリックに叫びながら、押し入れを開けた。それから、トイレと浴室を覗いた。伊津子はただ言葉を失い、彼女の行動を見守っていた。

秀子は何かわめきながら、窓を開けた。冷たい風がさっと入り込んだ。首を外に出して、路地を透かし見ていた。

「いったい、どうしたと言うの？」

伊津子はたまらずに声をかけた。

彼女がやっと顔を室内にもどした。窓を閉めてから、振り返った。

「どこに隠したのさ？」

彼女が肩を上下させながら言った。興奮しているようだった。

「いったい何があったというの？」

伊津子がきくと、秀子の目がつりあがった。

「とぼけないでよ！」

秀子が絶叫した。伊津子は何を興奮しているのかわからず、戸惑うだけだった。

「どこにいるの？　返してよ。彼は私だけのもんだからね」

「彼って、上島さんのこと？　どこにいるの？」

「知っているんでしょ。どこにいるの？」

「上島さんがどうかしたの？」

伊津子はふと胸騒ぎがした。彼女の様子はただごとではなかった。上島に何かあったようだ。

「ねえ、座って。落ち着いて話しましょう」

伊津子は秀子に言って、ざぶとんを出した。秀子はその上に崩れるように腰をおろした。伊津子も真向かいに座った。

「あの人、ゆうべ帰らなかったわ」

「帰らない？　どういうこと？」

昨夜は八時過ぎに上島と別れたのだ。その後、上島はどこかへ行ったのだろうか。

「私、ずっと彼のアパートで待っていたのよ。あなたに会うということがわかっていたから遅くなるとは思っていたけど。朝になっても帰って来ないので、きっとあなたのところに泊まったのだと思ったのよ」

秀子は唇（くちびる）をかんで、伊津子をにらみつけた。

「ここがどうしてわかったの？」

「彼のアドレス帳に住所が載っていたわ」

「どうして、私のところにいると思ったの？」

「あの人、あなたが好きだったんじゃないの」

「それは誤解よ」

「嘘！」

「ほんとうよ。上島さんは私の主人の友達。それだけの関係よ」

「じゃあ、なんであのひとと会ったのよ」

「あなたと結婚することになった報告よ。でも、へんね。私は八時過ぎに、上島さんとは別れたのよ」

伊津子は首をかしげた。やっと、秀子の興奮が鎮まってきた。

伊津子は彼女に熱いお茶をいれてやった。彼女が落ち着いたのを待ってから、伊津子は訊ねた。

「上島さんが行くような場所に心当たりはないの？」

女は力なく首を横に振った。

「でも、もうしばらく待ってみましょう。そのうちに帰ってくるわ」

伊津子はそう答えたが、なぜか、上島がもう帰って来ないような胸騒ぎがしていた。

5

二日経っても、上島は帰らず、秀子は地元の警察署に家出人捜索願いを出した。上野北署の大井警部補が上島失踪を知って、伊津子を訪ねてきたのはその夜だった。

伊津子が帰宅してひと休みしていたとき、大井警部補がドアのチャイムを鳴らしたのである。もうひとり若い刑事もいっしょだった。

伊津子は、十九日の夜に上島とスナックで落ち合い、八時過ぎに別れたこと、上島には特に変わったことはなかったことなどを伝えた。伊津子は、警察も上島のマークは続けていたことを知った。それにしても、上島はどうしたのだろうか。

上島が失踪してから十日経った。警察は上島の実家のある福島など、立ち寄りそうな場所に捜査員を派遣したが、手掛りはつかめないようだった。

一月末の土曜日。伊津子は朝食をとり終わってから、外出の支度をした。美奈江の高校時代の同級生を訪ねるつもりだったのだ。伊津子は事件から手をひくつもりでいた。しかし、上島の行方がいまだにわからないことが、伊津子の気持ちに変化をもたらしていた。

もし、上島の失踪が第三者の手によるものなら、それは現金輸送車襲撃事件の真犯人の可能性がある。そして、その人物は文彦を罠に陥れた人間だ。

伊津子は、姿のない真犯人は、坂本美奈江の心中事件の関係者にいると思っている。美奈江の高校時代の仲間にまずあたってみようと思った。伊津子は美奈江の家に電話をして、美奈江と仲のよかった高校時代の同級生の名前を教えてもらった。

伊津子は新宿駅から小田急で小田原に向かった。今、伊津子が追っている線は、まだ警察は気づいていないはずだ。

小田原駅のホームに降りると、小田原城の天守閣（てんしゅかく）が見えた。改札を出て、中央通りを歩いて、国道一号線に出たところに、同級生のひとりが嫁いでいるかまぼこ店があった。電話で確認をとってあったので、同級生はすぐに伊津子を真向かいにある喫茶店に連れていった。

「美奈江さんと親しくしていた男性を教えていただきたいんですけど？」

伊津子はきいた。

「いっぱいいたようだけど、深くつきあっている男性のことは私たちにも言わないのよね。ただ、北岡くんとは高校時代から仲がよかったわね」

「北岡さんですね？」

伊津子は手帳を出して名前を控えた。

「同じクラスにいた北岡純というひと。高校卒業後もずっとつきあっていたようよ」

「それはふたりが恋愛関係にあったということですか？」

「さあ、単なるお友達だったんじゃないかしら」

「あなたは彼女が西和銀行の上司とつきあっていたことは知っていたんですか？」

「とんでもない。彼女はふつうのボーイフレンドは平気で紹介したかもしれないけど、職場の上司とのことは、世間でいう不倫にあたることでしょう。私たちにも言わないわよ。心中したあとよ、知ったのは」

同級生は顔を曇らせて言った。

「北岡さんは今、どちらに住んでいるかわかりますか？」

「彼、今、刑務所に入っているわ」

「刑務所？」

伊津子はびっくりしてきき返した。

「何をしたんですか？」

「金を盗みに他人の家に押し入ったらしいの。たいした事件じゃなかったけど、その前に傷害事件を起こしていたので実刑になったそうよ」

「そのひとに面会出来ないのでしょうか？」

「さあ、北岡くんのお兄さん、北岡昌彦という名前なんだけど、そのひとに頼んだほうが」

「お兄さんはどこに住んでいるのでしょうか？」

「ちょっと待ってくださる」

そう言って、女は店を出て行った。窓から、彼女が横断歩道を渡って行く姿が見えた。

伊津子ははじめてコーヒーに口をつけた。すっかり冷たくなっていた。

しばらく経って、女がもどってきた。

北岡純の兄は神奈川県海老名市で寿司屋をやっているということだった。

伊津子が礼を言って引き揚げようとしたとき、高校時代の友人は何げない感じで言った。

「だいぶ前に、あなたと同じことを訊ねた男のひとがいましたよ」

「何ですって！」

伊津子はびっくりしてきき返した。

伊津子は、文彦の写真をバッグから取り出した。

「この写真を見てください」

「そう、この人」

しばらく写真を見つめていたが、女は顔を上げて言った。

「この人にも、北岡純さんのことをお話しになったのですね？」

「ええ、そうです」

伊津子は小田原駅にもどった。伊津子は自分が文彦の通ったのと同じ道をたどっていることを実感した。

伊津子は小田急に乗って海老名に向かった。

北岡純の兄の昌彦がやっている寿司屋は、駅から十分ぐらい離れた小さな呑み屋が並んでいる場所にあった。こぢんまりした店だった。そこで、少し早い夕食ににぎりを注文してから、カウンターの中にいる角刈りの男に声をかけた。

「失礼ですが、北岡純さんのお兄さまですか？」

伊津子が言うと、小肥りの男が顔を上げた。丸顔で福々しい顔をしている。

「純の知り合いですか？」

昌彦がきいた。まだ、時間が早いせいか、奥のテーブルに中年のアベックがいるだけだった。

「ええ、直接は知らないのですが、友人を通して」

昌彦はなんとなくうなずいた。人の好さそうな感じであった。伊津子はすぐに訊ねた。

「突然、変なことをおききしますけど、坂本美奈江さんという女性をご存じじゃありませんか？」

「坂本美奈江？　弟の高校時代のガールフレンドじゃないか」

昌彦が眉を寄せて言った。

「お客さん、あなたは弟とどういう関係なんですか？」

「私は坂本さんの心中相手の身寄りの者です」

「心中相手？　すると西和銀行の立花とかいう……」

「そうです。そのことで弟さんから話を聞きたいと思ったのです。弟さんは美奈江さんから相談を受けていたんじゃないかと思ったのです。お兄さまはそんなことを聞いたことはないでしょうか？」

「ないねえ。あいつはそんなことを言うような奴じゃないからね。それより、今ごろになって、なんでそんな古い話を聞きたがるんだね？」

昌彦は、少し不機嫌そうに言った。伊津子は迷ったが、夫が殺されたことを話し、その事件が坂本美奈江の心中事件と何らかの形で関わっているという自分の考えを説明した。目を丸くして、伊津子の話を聞いていた昌彦の気分が解れたのを感じて、伊津子は質問を再び始めた。

「弟さんは高校を卒業してから不動産会社に勤めていたと聞きましたが？」

「ああ、東京の会社に勤めていた」

「どうして、そこを辞めたんでしょうか？」

「上司と喧嘩して退職願いを叩きつけてやったらしい」

「まあ、どうしてでしょうか？」

「気にくわない上司だったんでしょう」

「そんなに気が短いのですか？」

「そんなことはないさ。弟は根はやさしい人間だ」

伊津子は思い切って頼んだ。

「純さんには面会できないでしょうか？」

「面会？」

昌彦は眉をつりあげた。

「無理でしょう。面会っていうのは、最初から申請した人間じゃないとできないんですから」

伊津子はがっかりしたが、気を取りなおしてきいた。

「弟さんはいつ出てこられるのでしょうか？」

「三月になるでしょうね」

「三月ですか……」

「ちょうど一年というわけですよ」

「一年？」

「事件を起こしてからね」

「事件は去年の三月だったのですね。三月何日なのですか？」

「十四日です」

伊津子はその偶然の意味を考えた。現金輸送車襲撃事件も去年の三月十四日に起きているのだ。

「何をやったのでしょうか？」

「お客さん、かんべんしてくれませんか。弟の事件のことは、あなたの知りたいことと関係ないでしょう」

「ごめんなさい」

伊津子は素直に謝った。しかし、北岡純の事件が何か匂う。伊津子は必死に昌彦に食い下がった。

「その事件の弁護士さんを教えていただけますか？」

「弁護士？」

昌彦は顔をしかめて言った。

「はい。弁護士さんの名前を教えてください」

伊津子はカウンターに額がくっつくほど頭をさげた。昌彦は渋々、奥に引っ込んで行った。しばらくして、名刺を持って現れた。

「この弁護士さんだよ」

伊津子は名刺を借りて、手帳にメモした。

事務所は新宿区西新宿一丁目の房元ビル四階、佐田法律事務所となっていた。
〔弁護士　結城静代〕

6

――寒さ厳しいおり、先生にはお変わりなくお過ごしのことと思います。早いものでここに来て四カ月になろうとしております。先生にはお世話になりっぱなしで申し訳なく思っております。小生は入所時のオリエンテーションを終えて、印刷工場を志望し、そこで働いております。所内生活の手引に、新入時は、過去を振り返り、将来への正しい心構えと計画を立てるのにもっともよいチャンスだと書いてありました。この言葉どおり、私は自分の愚かな行為を反省し、こんど社会に出てからはしっかり自分を見つめて生きていきたいと思います。先日、兄が差し入れてくれた恋愛小説などを読んでいると、自分が小説の主人公になったような気分で、辛いここでの生活をつかの間、忘れさせてくれます。私は真面目に作業をしておりますので、どうぞご安心ください。

静代は椿刑務所から届いた北岡純の手紙を読んだ。

この三月には出所するはずだった。静代が手紙を封筒にしまったとき、目の前の電話が鳴った。

「立花さんという女の方からです」

事務員の声が耳に届いた。心当たりのない名前であった。

「はい。お電話代わりました」

静代は言った。

「結城先生ですか。私、立花と申します。いきなり、このような電話をしてしまい、申し訳ございません。じつは、先生が弁護をなさったという北岡純さんのことでお訊ねしたいことがあるのですが」

電話の相手はていねいな物言いだったが、北岡の名前が出て、静代は少し驚いた。

「あなたは、彼とはどういうお知り合いなのですか?」

静代はきいた。

「亡くなった夫に少しばかり関わり合いが」

亡くなった夫ときいて、静代は何かわけがありそうな気がした。

「わかりました。きょうの午後三時ごろでしたら構いません」

静代は受話器を置いてから、机の上の封筒に目をやった。北岡の何がききたいのだろうか。静代は何となくいやな予感がした。

三時前に、事務所に三十前後の女が訪ねてきた。女は立花伊津子と名乗った。色白のおとなしそうな顔だちだが、高い鼻梁(びりょう)と小さく引き締まった口もとにはしんの強さを窺(うかが)わせるものがあった。

部屋の隅にある応接ブースに彼女を案内し、静代はテーブルをはさんで彼女と向かい合った。

「お忙しいところをおじゃましてすみません」

伊津子はていねいにあいさつした。

「場所はすぐにわかりましたか？」

静代は事務員がお茶を運んでくるので、本題に入らないように何げなくきいた。

「はい。すぐに」

伊津子は今気づいたように、バッグを開き名刺を取り出した。

「遅くなって失礼いたしました。私はここで働いております」

「コンピュータ会社ですか」

静代は名刺を見て言った。そして、

「あら、お名前は藤山伊津子となっていますね？」

と言って、相手の顔を見た。

「それは旧姓です」

静代の不審そうな表情に気づいて、伊津子があわてて言った。

「夫が亡くなって、仕事の上では旧姓を名乗っているのです」

事務員がお茶を運んできた。テーブルに湯飲みを置く間、伊津子は黙っていた。

事務員が出て行ってから、静代がきいた。

「ご主人はご病気で？」

「いえ、殺されたのです」

「殺された？」

静代は眉をひそめた。

「去年の十一月でした」

伊津子は答えてから、

「先生、去年の三月十四日に、東栄銀行の現金輸送車襲撃事件が起こったことを覚えておいでしょうか？」

と、言った。静代は意外な話におやっと思った。

「そのとき、現金輸送車を運転していたのが立花です」

静代は心持ち身を乗り出した。

「夫は警察に疑われ続けていました。その疑いを晴らすために、夫は、自分で真犯人を探そうとしたんです。そのために殺されたのだと思っています」

伊津子は激しい口調で続けた。

「あなたは電話で北岡さんのことをききたいとおっしゃっていましたわね。ご主人が殺されたことと何か関係でもあるとお考えなのですか？」

「いえ、そのことには直接関係ないのですが……」

「どういうことでしょうか？」

静代はきいたが、伊津子は静代の声を聞いてはいなかったようだ。

「北岡さんが事件を起こしたのも去年の三月十四日でしたね？」

「ええ、そうですが……」

静代は心臓の鼓動が一瞬乱れた。伊津子の話の内容がじわじわと静代を息苦しくさせていた。

「ご質問の意図は何なのですか？」

静代はいぶかしげにきき返した。しかし、伊津子は静代の問い掛けを無視した。

「北岡さんがどんな事件を起こしたのか知りたいのです」

「あき巣です。他人の家に忍び込んで、現金六十万円を盗んだのです。でも、それと、現金輸送車襲撃事件とどんな関係があるんです？」

「夫は犯人にはめられたのです。犯人は夫を知っている人間です。私は夫が過去に関わりを持った人の中からその人物を探そうとしたのです。昔のことを探っているうちに北岡さんの事件にぶつかりました」

伊津子は興奮していた。静代は伊津子の激しさに圧倒された。おとなしそうな女のどこにこれだけの迫力があるのだろうかと思うほどであった。

「あなたのご主人と北岡純はどういうご関係？」

「北岡さんの高校時代の同級生に坂本美奈江さんという女性がいました。この女性は、主人の兄と四年前に心中しているのです」

「心中？」

静代は眉をひそめた。伊津子は姿勢を直し、身構えるようにして殺気だった表情できいた。

「北岡さんの事件は何時ごろだったのでしょうか？」

「二時過ぎでした」

「場所は？」

「世田谷区の奥沢というところです」

いったい彼女は何を考えているのだろうか、と静代は訝しく思った。

「北岡さんはすぐに警察に捕まったのですか？」

「その夜、逮捕されました」

「じゃあ、それからずっと外には出ていないのでしょうか？」

「ええ、身柄を押さえられ、そのまま刑務所に入りましたから」

「一度も刑務所から出たことはないんですね？」

「そうです」

伊津子は何か考えるようにじっとしていた。だいぶ長い時間経過したようだったが、ふいに彼女は顔を向けて、

「先生、ありがとうございました」

と、言った。伊津子が少し興奮しているのを見て、静代は妙に思った。

「北岡さんのことは？」

「いえ、もういいんです」

「いいって、どういうこと？」

いぶかしく静代がきいた。

「どうせ面会はできないんでしょう?」

「ええ、刑務所は面会できる人を制限しているのです。入所時に申請した人間でないとだめなんです」

「ですから、もういいんです」

きっぱりと言って、伊津子は立ち上がった。静代は呆気(あっけ)にとられた。

静代は伊津子を廊下まで見送ってから、自分の机にもどった。

去年の三月十四日。北岡の窃盗事件と、現金輸送車襲撃事件の二つの事件が起きた。そして、北岡は現金輸送車を運転していた立花と因縁のある男だった。立花伊津子という女性は、そのように話している。

静代は机の上で頬杖(ほおづえ)をついて、その意味を考えていた。

席を立つと、キャビネットから北岡の事件資料を引っ張り出した。

机にもどってそれを広げた。

三月十四日午後二時十分ごろ、北岡は世田谷区奥沢九丁目の三共物産専務岡田三郎方に侵入し、現金六十万円等を奪って逃走したが、その夜、現金輸送車襲撃事件の検問にひっかかって簡単につかまったのである。

現金輸送車が襲われたのは確か午後三時ちょっと前であった。北岡の事件ときわめて近い時間帯である。ほぼ同じ時間帯に、世田谷と上野とで事件が起きていた。二つの事件の間にはなんら関連するものはないはずだった。

しかし、静代は何かがひっかかった。

すぐに電話に手を伸ばし、枝沼弁護士の事務所に電話をかけた。枝沼のプロポーズを断ったのは去年の六月である。もう、わだかまりもないだろうと、静代は考えた。その後も、佐田弁護士を訪ねてきた枝沼とは顔をあわせていた。あいさつ程度だが、結婚話以前とあまり変化はなかった。

なかなか電話が通じなかった。忙しいのだろうか。やっと、聞こえてきた枝沼の声はそっけないものだった。静代は気にせずに頼みごとを言った。

「妙なお願いなんですが、去年三月に上野で起きた現金輸送車襲撃事件について少し教えていただきたいのですが」

枝沼の返事はすぐになかった。

「これから、そちらにお伺いしたいと思うんですが」

「いや、こちらに来られても……」

枝沼が困惑したように言った。

「六時に新宿で人と会うので、その前に少し時間をとりましょう」

枝沼は言った。

五時に、静代は枝沼弁護士と京王(けいおう)プラザホテルの喫茶室で落ち合った。

静代は枝沼とはよき仲間としてこれからも協力しあっていきたいと思っている。だが、枝沼のほうには大きなわだかまりがあるようだった。

何となく、気まずい雰囲気のなかで、静代はコーヒーに口をつけた。

「電話で妙なことを言っていましたね？」

たばこに火をつけてから、枝沼が切り出した。救われた思いで、静代はコーヒーカップをテーブルに置いた。

「確か、枝沼さんは現金輸送車の立花運転手の弁護人を引き受けられたのでしたね？」

「そうですが」

枝沼の話しぶりのよそよそしさはあいかわらずだった。

「ほんとうは上島という人が運転する予定だったのに、急病で立花運転手に代わったのでしたね」

枝沼が黙ってたばこを吸った。

「その上島さんは自宅で寝ていたのですか？」

「ぼくは立花くんの弁護人だったんですよ。それ以外の人間のことはよくわかりません」

枝沼の言い方は冷たかった。静代はそれを気にしないようにして質問を続けた。

「上島さんにはアリバイがあったそうですが、どんな内容だったのですか」

「三時半ごろ、近所の薬局に薬を買いに行っているんです。薬局の主人が覚えていたそうです。運転していた立花くんも、助手席に乗っていた警備員も上島と襲撃犯は背恰好が似ていると言っていましたが、彼にはアリバイがありますからね」

「襲撃犯の背恰好は上島さんに似ていたというのですね？」

「ええ」

枝沼はたばこを灰皿でもみ消してから、腕時計をわざとらしく見た。まだ、五時半である。彼の約束は六時だったはずだ。ところが、枝沼は入口に目をやった。

「警察の捜査がどの程度まで進んでいるのか、教えていただけないでしょうか？」

静代は頼んだ。

「警察の捜査？　あなたは何を調べているんです？」

「ちょっと」

「ぼくには言えないことですか」

枝沼は皮肉っぽく言った。そして、再び、入口に目をやった。

「あの、どなたかとここで待ち合わせなのですか?」

枝沼は顔をもどして、

「ええ」

と、言った。

「捜査の件なのですが」

静代は声をかけたが、枝沼の視線は入口のほうに向いていた。やがて、その入口に和服姿の女が現れると、枝沼は手をいっぱいに上げた。

「ちょっと、失礼」

枝沼は静代に言って立ち上がった。水商売ふうの女だった。きれいな顔だちだが、作りもののような温かみのない表情だった。

枝沼は女をひとつ空(あ)いた隣の席に座らせてから、静代のところにもどってきて、

「悪いが、もう相手が来てね」

と、立ったまま言った。

「わかりました」

静代は伝票をつかんで立ち上がった。

「さっきのお願いなんですが?」

「お願い？　何でしたっけ？」

枝沼は惚けたようにきき返した。

「警察の捜査状況です」

「また、明日にでも電話をください」

枝沼はあてつけのように待たせている女の席に行った。

静代は喫茶室を出るとき、振り返った。すると枝沼の冷たい視線が突き刺さった。わざと、あの女を呼んだのに違いない。静代はなんとなくいやな気分になって、新宿駅に向かった。

第四章　濡れ衣

1

静代は枝沼弁護士の事務所に何回も電話をしたが、外出中だったり、電話中だったり、なかなかつかまらなかった。言づけを頼んでも、枝沼のほうからかけてくることはなかった。べつに、避けているわけではないのだろうけれど、静代は何となく釈然としなかった。

やっと、枝沼と連絡がとれたのは、新宿で会ってから三日目のことだった。

「先日、お願いした立花運転手のことで、ぜひお話をおききしたいんです」

静代は勢い込んで言った。

「こっちに来てくれますか」

枝沼は答えるまで間があったが、以前に比べて機嫌は悪くないようだった。静代の脳裏に先日見かけた水商売ふうの女の顔が蘇った。あの女性とうまくいっているのではないか、と静代は推察した。

静代は事務所を出て、新宿駅の東口にある枝沼法律事務所に向かった。事務所は、新しいビルの二階にあった。一階はブティックになっている。

静代はすぐに執務室に通された。もっと待たされるかと覚悟していたので、これも意外だった。

「先日は失礼しました」

枝沼は静代の真向かいに腰をおろして言った。愛想笑いを浮かべている。静代はとまどいながら頭をさげた。

「話をお伺いしましょうか？」

お茶を運んできた女子事務員が去ってから、口を開いた。

「以前、佐田先生と三人でお会いしたとき、現金輸送車を運転していた立花文彦の話をなさっていましたねえ」

「そんなことありましたか」

一瞬、枝沼が眉を寄せた。枝沼にとってのいやな記憶が蘇ったのかもしれない。

「ぼくはマスコミ報道における人権問題を研究している人間として、立花くんの逮捕に疑問を持ち、首を突っ込んだんですよ」

「立花さんが疑われた理由は何だったのでしょうか？」

「事件の一カ月前から、彼のまわりに不審な人間がうろついていたんです。それと、襲撃されたとき、助手席の男は怪我をしているのに、立花くんだけは殴られなかった。この点も警察の疑惑を呼んだ理由でしょう。それから、犯人が『立花じゃないか』と言っている。このことから、犯人と立花くんはグルだと思われたんですよ」

「でも、仲間だったら、犯人がそんな名前を呼ぶなんて考えられませんが」

「当日の現金輸送車の運転手は当初、立花が担当するはずではなかったのです。だから、運転手が立花だったので、犯人がびっくりして思わず口に出たというのが警察の見方ですよ」

「当初の予定は上島公一という男だったんですね」

「そう。当日の朝に突然、上島は腹痛に襲われたらしい」

「事件の起きた日の朝に、急に腹痛に襲われるなんて、偶然にしては出来すぎてますよねえ」

「だがね、上島にはアリバイがある。三時半ごろに、アパートの近くの薬局で薬を買っているんだから」

「薬局のご主人の証言だけなんでしょう？」

「いや、薬局の帰りに大家にも会って言葉を交わしている。だから、上島のアリバイは完璧にあったわけです」

枝沼はそう言ったが、心なしか声が弱まった。静代は改めて枝沼の顔を見直した。

「じつは妙なことがあるんです」

枝沼が眉をひそめて言った。

「その上島公一が行方不明になっているんです」

「行方不明？」

静代は思いがけない話に身を乗り出した。

「先月の十九日からです」

「じゃあ、もう二週間になりますね」

静代は上島の失踪の意味を考えた。

「去年の十一月に立花文彦が殺されましたね。そのことと上島公一の失踪は結びつくのでしょうか？」

「警察は、立花殺しを上島の犯行とみているようです」

「その根拠は?」

「現金輸送車襲撃事件の犯人の仲間割れによる殺人という見方です」

「しかし、さきほどのお話でも、輸送車を襲ったのは上島ではないんでしょう。すると、もうひとり犯人がいるということになりますわ」

「そうですねえ」

静代は少し考えてから、

「その不審な男はまだ見つからないのですか?」

と、きいた。

「まだのようです」

だいたい話を聞き終えた静代は、

「資料を貸していただけませんか?」

と、深々と頭を下げて頼んだ。

渋々という感じで、枝沼はファイルに綴じた資料を貸してくれた。そのなかに新聞の切り抜きがあった。

「新聞報道と被疑者の人権とのかねあいを探るために切り抜いたものですよ」

枝沼が言った。

執務室を出るとき、ふと思い出して、静代はきいてみた。

「この前、ホテルでごいっしょだった方、どなたですの?」

枝沼は目を細めて、

「恋人といったところでしょうか」

と言って、白い歯を見せて笑った。

静代は事務所にもどってから、枝沼から借りてきた新聞のスクラップを見た。

〔三月十五日付朝刊〕

十四日午後二時五十分ごろ、台東区池之端一丁目の路上で、猟銃を持った白いマスクの男が東栄銀行委託の現金輸送車を襲撃、現金一億五千万円を積んだ輸送車ごと強奪……。

〔三月十六日付朝刊〕

十四日午後、東京台東区池之端一丁目の路上で、東栄銀行の委託を受けた星川警備保障(本社東京中野)の現金輸送車が猟銃を持った白マスク姿の男に襲われ、積んでいた一億五千万の現金を奪われた事件で、警視庁捜査一課と上野北署は、現金輸送車の走行経路は星川警備保障の限られた社員しか知っていないことから、充分に計画された犯行とみて、内部関係者から話を聞いている。

〔三月二十四日付夕刊〕

十四日午後、東京台東区池之端で起きた現金輸送車襲撃事件を捜査中の警視庁捜査一課と上野北署の捜査本部は、当日現金輸送車を運転していたT運転手を重要参考人として取調べをはじめた。

〔四月八日付朝刊〕

現金輸送車襲撃事件を捜査中の捜査本部は重要容疑者として取調べを続けていたTを、昨夜証拠不充分で釈放した。

静代はスクラップから顔を上げた。

こんどはノートに、三月十四日の出来事を、北岡の行動もいれて時系列に並べてみた。

①午前十時ごろ、星川警備保障の上島公一が腹痛のために当日の輸送車の運転を立花文彦に変更。

②午後二時十分ごろ、世田谷区奥沢九丁目の岡田三郎方の留守宅に、北岡純が侵入。

③午後二時五十分ごろ、台東区池之端一丁目の路上で現金輸送車を何者かが襲撃。

④午後三時三十分ごろ、西蒲田にある薬局に、上島が現れ、腹痛の薬を買う。

⑤午後四時ごろ、上野寛永寺の裏手から輸送車が発見された。

⑥午後四時半ごろ、渋谷にあるサラ金会社に、北岡は盗んだ金から五十万円を返済。
⑦午後七時半ごろ、北岡純が警邏中のパトカーに不審尋問を受けて警察に連れていかれる。

静代がノートに書き込んだものをながめていると、

「まだ帰らないのかね」

と、佐田弁護士が声をかけた。厚手のオーバーを着て、鞄を持っていた。

「じゃあ、お先に失礼するよ」

佐田が事務所を出て行った。時間をみると七時になるところだった。ひとり残された事務所の机の前で、静代はノートをながめた。

そのうちにあることに気づいた。①から⑦の項目のなかで、動かしようのない事実をみてみると、すべて目撃者がいるが、②には目撃者がいないということだ。

岡田三郎方に侵入したのが北岡純だということは、現場に残っていた指紋と、北岡が岡田兼子名義の預金通帳と印鑑を持っていたこと、そして、北岡自身の自白である。だが、これらは工作が可能ではないか。

現金輸送車の乗務員の話だと、襲撃犯人は身長一七五センチメートルぐらい。肩幅のがっしりした男だったという。北岡の体格もそれぐらいだ。

現場に指紋が残っていたことから、北岡が岡田三郎方に侵入したのは事実だ。しかし、侵入したのが午後二時過ぎだとは限らない。二時以前だったら、どうだろうか。

もし、岡田方に侵入したのが北岡ではなく上島だったら……。静代は立ち上がって都内地図を持ってきた。

世田谷区奥沢に東急（とうきゅう）目蒲（めかま）線の駅がある。蒲田までわずかな時間だ。岡田三郎方に二時過ぎに侵入した上島は盗んだ現金と預金通帳を持って蒲田にもどる。

一方、現金輸送車を襲撃した北岡は上野寛永寺の裏手で現金の入ったジュラルミンのケースをオートバイに積み替えて逃走。

そして、北岡は上島とどこかで落ち合い上島が盗んできた現金と預金通帳を受け取った。ふたりが会った場所は、上島のアリバイ工作から考えて、蒲田付近にちがいない。このとき、北岡がジュラルミンのケースを上島に渡したとは思えない。なぜなら、北岡はあき巣事件でわざとつかまることになっていたのだ。自分が警察につかまっている間に、上島に金をひとり占めされかねないからだ。

すると、どこかに金を隠したことになる。

一億五千万もの金をどこに隠したというのだろうか。考えられるのは、北岡のアジトがどこかにあることだ。このアジトは上島も知らない場所だ。そして、一年以上も、北岡が留守しても何の問題もない場所だ。

どこかのマンションだ。偽名で借りているのかもしれない。

静代はため息をついた。金の隠し場所はわからないが、北岡と上島の共犯説をとれば、二つの事件がすっきり説明がつく。

ふたりで事件を交換すれば、お互いの事件のアリバイが作れる。現金輸送車襲撃事件に関して、上島には絶対のアリバイがある。また、北岡はあき巣で警察につかまったのだから、この事件の捜査圏外に身を置くことができる。さらに、立花という身代わりの不審な人物を用意し、捜査の目をごまかしたのではないか。

静代は椅子（いす）から立ち上がって、窓辺に寄った。真正面のビルの中にある事務所も明かりがついて、数人の男性が机に向かっていた。

静代は腰に手をあてて、さらに思考をすすめた。

この計画では、北岡がわざと警察につかまるということがポイントであろう。なぜ、北岡はそのような真似（まね）をしたのか。

静代はその理由を盗んだ金のことに結びつけた。もし、手元にあれば使ってしまう。盗んだ金を派手に使えば警察に目をつけられる危険性が大きい。そこで、金を使いはじめる時期を半年なり一年なり置くことを考えたのではないか。

金のありかを知っている北岡が自由の身になってから、ふたりは金を分けるつもりだったに違いない。ところが、判決で執行猶予がつかず、北岡は刑務所に入らなければならなくなった。

静代は、上島が失踪していることを思い出した。北岡の思いがけない服役(ふくえき)は、上島にとってチャンスだったのかもしれない。その間に、金の隠し場所を探したことだろう。そして、上島はとうとう金の隠し場所をみつけ、金をひとり占めして逃亡した……。

翌日、静代は坂本美奈江の心中事件を調べるために神奈川県警小田原署に出かけた。まず、北岡と立花の関係をはっきりさせようと思った。

応対に出た五十年配の警部補が書類を持ってきた。

「小田原の海岸に男の車が放置してありました。散歩に来た近所のひとが、車の中で死んでいる男女を発見したんです。女のほうは首を絞められ、男は排ガスで……」

「すると、男のほうの無理心中？」

「そうとばかりは断定できませんが、その可能性も高いでしょうな」

もしかすると、女のほうは男と別れるつもりだったのかもしれない。

「ふたりはよく車で小田原方面に行ったようですな。それから東名高速沿いにあるモーテルなども利用していたようです」

年配の警部補はしんみりと言った。

「遺書はあったのでしょうか？」

「いえ、ありませんでした」

「第三者が絡(から)んでいるということは？」

静代は確かめた。

「ええ、それはないようです。現場の様子にも争った跡はありませんでしたから。一時、男のほうの弟が心中に見せ掛けてふたりを殺したのではないか、という疑いもありましたが」

「弟というのは立花文彦ですね」

「そうです。その線を調べましたが、証拠はありませんでした。いくら裏切られたと言っても、実の兄を殺すことはないでしょうしね」

「…………」

「まあ、男女の不倫の果ては心中じゃないんですかねえ」

警部補は目を細めた。

「坂本美奈江さんは立花文彦と婚約したばかりだったようですね？」

「そうです。銀行の部長が、男と坂本さんのふたりと小田原市内のレストランでばったり会ったそうなんです。そのとき、男のほうが自分の弟と引き合わせるために待ち合わせていると言い訳をしたらしい。そんなことから、女と弟を見合いさせるはめになったんです。ところが、弟が女を気にいってしまって、どんどん結婚話に発展してしまった。それで、どうしようもないところまで追い詰められてしまったんでしょうな」

死んだほうはいい。あとに残された者はどんなに惨めな思いをするか。

静代は少し考えてから、

「北岡純という名前に心当たりはありますか？」

と、きいた。

「北岡純？　さあ、それはわかりませんなあ」

「そうですか。心中した坂本美奈江さんの家族の住所を教えていただけますか？」

静代は訊ねた。

静代は小田急で相模大野に向かった。坂本美奈江の家はすぐにわかった。電話をしてあったので、母親が静代を居間に上げた。

「北岡さんは美奈江の高校のときのお友だちでした」

静代の質問に対して母親は答えた。

「娘さんが亡くなった当時も、北岡さんとはおつきあいがあったんでしょうか？」

「はい。娘の葬儀の時には、北岡さんが何でもやってくれました。でも、今ごろになって、なぜ娘のことが？」

母親がきいた。

「私は北岡純さんが事件を起こしたときに弁護を引き受けた者なんです。北岡さんのことで少し確かめたいことが」

静代はあいまいに言った。

静代は、坂本美奈江の同窓生の名簿を借りた。そして、何人かを訪ねた。その結果、美奈江と北岡は極めて親しい関係にあったことを確認した。しかし、恋愛感情をもって、ふたりが交際していたわけではなかったということを静代は知った。

静代はある想像をした。北岡と美奈江は友人関係にあった。おそらく何でも話しあえる友達だったのだろう。男女が恋愛感情なしでつきあえるということはありえないことではない。ただ、その場合、男のほうにも、女のほうにもそれぞれ別に将来を誓いあった人間がある場合ではないだろうか。北岡にも恋人がいたにちがいないのだ。

同性の友人には言えないことも、異性の友人には言えることがある。美奈江は、北岡だけには自分の不倫の交際を話し、相談をしていたのではないか。とすれば、北岡は立花文彦のことを知っていたと考えることもできる。

静代の想像はさらに発展する。

美奈江の心中事件に関して、立花文彦がふたりを殺害したのではないか、という疑いもあったらしい。もし、北岡がこの話を信じたとしたら、どうなる——。

〔立花文彦にふたりの関係を気づかれたみたい。私たち、殺されてしまう〕

そういう話を聞いたあとで、心中事件が発生したとしたら、北岡は立花文彦を疑うのではないだろうか。

ふと、静代は北岡の裁判の光景を思い出した。判決公判のとき、傍聴席に白マスクにサングラスの男が座っていた。あの男は誰だったのだろうと、静代は首をひねった。

2

朝、伊津子は会社に出てから新聞を読む。

会社に入ったばかりのころは、始業時間前に新聞を読んでいる男子社員の姿が好きになれなかったが、今の伊津子にはこれがホッとするひと時なのだ。朝はほとんど牛乳を飲んだだけでアパートを飛び出してくるのである。新聞受けから朝刊をとって、バッグにいれていく。

それだけ自分も会社のなかでずうずうしくなったのかと、伊津子は思うことがある。

社会面を開いたとき、伊津子の目にその記事が飛び込んできた。

群馬県北群馬郡伊香保町の榛名山の山腹から、寝袋に詰めこまれた男性の死体が発見されたというものだった。身元を示すものは何もなく、群馬県警と所轄署では被害者の洗い出しを急いでいると書いてあった。

殺人事件は毎日のように起きている。伊津子は顔をしかめて新聞を閉じた。

十時ごろ、伊津子の目の前の電話が鳴った。

上島の恋人の秀子からであった。

「伊香保で男性の死体が発見されたそうなんです。警察から電話があって確認して欲しいって」

秀子が声を震わせて言った。

「殺されたのが上島さん？」

警察はなぜ上島は殺されたと考えたのだろうか、と伊津子は不思議であった。上島が殺されるはずはないからだ。

「どうしよう、上島だったら……」

泣きそうな声で、秀子が言った。

「しっかりして。まだ、そうと決まったわけではないでしょう?」

伊津子は秀子を元気づけるように言った。

「いっしょに伊香保まで行ってください」

「伊香保まで?」

あの気の強そうな秀子が弱気な声で伊津子に頼んだ。伊津子は部長席のほうに目をやった。また、早退するのは気がひけたが、秀子を突き離すわけにもいかなかった。

「わかったわ。じゃあ、一時に上野駅で会いましょう」

電話を切ったあと、ふと秀子が嘘(うそ)をついているのではないかという疑念が生じた。上島は金を奪って逃走したとも考えられるのだ。上島が死んだことにするための罠(わな)ではないかと伊津子は思った。それならそれでいい。秀子から何かがつかめるかもしれないからだ。

伊津子は部長の席に向かった。

「何?」

山辺は顔を上げた。

「申し訳ありません。午後から早退させていただきたいのですが」

山辺の眼鏡の奥の目が光った。

「どうも君は最近、また、落ち着きがなくなったようだね？」

山辺が顔をしかめた。伊津子はただ頭を下げるしかなかった。

自分の机にもどると、きく江が近づいてきた。

「午後から早退しなければならなくなったの」

伊津子が言うと、きく江も表情を曇らせた。

「伊津子、気をつけなきゃだめよ。最近、あなたの勤務態度が悪いって、総務部長が言っていたらしいわ。うちの部長がかばってくれているらしいけど」

きく江は伊津子の耳もとで言った。

「ありがとう。心配してくれて」

「もういいかげんにご主人のことあきらめなさいな」

「そのうち、あなたにも私の気持ちを聞いてもらうわ」

伊津子は約束の一時少し前に、上野駅の正面玄関に着いた。黒革のコートを着た秀子が青ざめた顔で待っていた。

伊津子と秀子は新特急谷川5号に乗り込んだ。平日なので楽に座ることができた。

窓際の席で、秀子はじっと窓の外に目をやっていた。その姿に、文彦の死体発見の連絡を受けて、小田急ロマンスカーで本厚木に向かったときのことを思い出した。あのとき、自分もこのように暗い顔で窓の外を眺めていたのだ。

伊津子は秀子に声をかけようとしたが、思いとどまった。秀子の横顔が演技とも思えないほど深刻そうだったからだ。

だが、上島と秀子が示し合わせているという考えがどうしても抜けきれない。

上島は生きていると伊津子は思っている。共犯の北岡が刑務所に入っているのだ。仲間割れが起こるはずがない。

新前橋に停車した。ぞろぞろ客が降りて行った。

「次よ」

発車してから、伊津子が言った。

「私、あの人が死んだらどうしたらいいのかしら」

秀子がぽつりと言った。表情を失ったような顔を見て、伊津子は胸が痛んだ。そんな秀子を見ていると、彼女が演技しているとは思えなかった。

渋川に着いた。改札を出て、駅前広場に行くと伊香保温泉行きのバスが停まっていた。

空気の色も匂いも東京とは違っていた。が、その清冽な風を全身に受けたとき、伊津子の背筋に悪寒のようなものが走った。が、それはすぐに消えた。

伊津子と秀子は駅前からタクシーに乗り込んだ。

「警察にやってください」

伊津子が運転手に声をかけた。

「お客さん、失礼ですが、山腹で発見された方のお身内じゃないんですか？」

交差点で停まったとき、運転手がきいた。

「どうしてそう思われるのですか？」

伊津子はいぶかしくきいた。

「勘ですよ。そんな雰囲気でしたから」

「違いますわ」

伊津子は言った。

「そうですか。それはよかった」

話好きらしい運転手は言った。

「それにしても酷いことをするもんだね。現場は伊香保温泉の近くですよ」

隣で、秀子は耳をふさいでいた。

「運転手さん、伊香保温泉までどのくらいかかるのかしら？」

伊津子は運転手の話をそらそうとした。

「空（す）いていれば二十分ぐらいですかねえ」

タクシーは警察署の前に着いた。

伊津子は入口にいる制服の巡査に用件を言った。すると、しばらくして、上野北署の大井警部補が現れ、ふたりを会議室に連れていった。

「私たちのほうがひと足早かったようですね。さっそく、遺品を見ていただきましょうか?」

若い巡査が持ってきたビニール袋に入った靴下（くつした）や下着を、秀子は見た。そのとたんに秀子の頬（ほお）がけいれんをはじめた。

「上島のものです」

伊津子は秀子の様子を窺（うかが）った。誰かを殺害し、上島を死んだことにする。秀子が死体を見て上島だと確認する。その役目を伊津子に押しつけようとしている。上島と秀子が作った筋書きがあるに相違ないと考えていた伊津子の目にも、秀子の表情はただごとではなかった。

「遺体を見せていただけないでしょうか?」

伊津子は自分の目で確認しなければ納得ができなかった。

「遺体はそうとうな損傷です。これをごらんください」

刑事は写真を見せた。

伊津子は一目見たとき、ウッと吐き気がした。顔は刃物でずたずたに切られていた。伊津子は勇気をふりしぼってもう一度、写真を見た。

いろいろな角度から撮った顔写真。全身像。伊津子は広い額や顎のあたりに上島の特徴を認めた。

「上島さんだわ……」

伊津子は茫然と言った。

二日後の朝、歯形などの照合の結果、被害者は上島公一に間違いないという結論が出た。

伊津子は上島が殺されたということで、頭の中が混乱した。現金輸送車襲撃事件は北岡と上島のふたりの仕業だと考えていた。そのことをかぎつけた文彦が上島を追及し、逆に殺されたとみていたのだ。ところが、今度は上島が殺されたのである。

死体の状態から見て、失踪直後にはすでに殺されていたのかもしれない。

「どうしたんだね。恐い顔をして」

山辺部長が背後から声をかけた。今、出社して来たところだ。いつもより早い出社だった。伊津子の顔を見て、

「きょうは十時から会議でね。その資料を作らなければならないんだよ」

と、山辺は言って、部長席に向かおうとした足を止めた。そして、もう一度、まじまじと伊津子の顔をのぞきこんできいた。

「顔色が悪いが?」

「だいじょうぶです。少し風邪ぎみで」

伊津子はあわてて言い訳を言った。

「そうか。まあ気をつけないとね」

山辺はそう言って、自分の席に向かった。

始業時間になったが、伊津子は上島が殺されたことが頭から離れなかった。

それにしても、上島はなぜ殺されたのだろうか。

伊津子は仕事に集中できなかった。どうしても、意識が事件のほうに行ってしまうのだ。

大きな間違いをしているのだろうか。現金輸送車襲撃事件の犯人は北岡と上島のふたりというのが、伊津子の推理であった。北岡と上島は犯行にトリックをつかった。北岡は警

察の捜査圏内からはずれるために、わざと刑務所に入ったのだ。そのトリックに気づいた文彦は上島を追及し逆に殺された。その考えに間違いはないはずだ。

だが、上島は殺されたのだ。北岡と上島のほかに仲間がもうひとりいたことになる。伊津子は最初から考えなおさなければならなくなった。

3

伊津子は深井と会った。あの夜のホテルのことが蘇って、伊津子は気恥ずかしい気がした。そんな気持ちになることが不思議だった。伊津子にとって深井は初めての男性であった。短大を卒業して入社したコンピューターメーカーで深井と知り合い、結婚を前提にすべてを許しあった仲なのに、その後の四年の歳月がふたりを初対面のように変えたのだろうか。いや、かえって昔の経緯(いきさつ)があるからこそ、よけいに新鮮な気持ちになるのだろうか。

伊津子はひとつだけ言えることがある。それは、文彦との結婚がなかったら、そして、文彦が生きていたなら、深井に対する感情が蘇ることはなかったということだ。

そして、深井にしても、妻との仲がうまくいっていれば、伊津子とはこのようなことにはならなかったのではないか。

深井がその話を持ち出したのは、割烹料理屋で呑んでいるときだった。

「うちの奴と別れて、君といっしょになりたい」

「えっ、何て言ったの？」

伊津子は深井の顔を見た。いきなり深井の手が伸びて、伊津子の手を握った。

「君と結婚したいんだ」

「いきなりどうしたの？」

伊津子は驚いたように、深井の曇った表情を見た。

深井はビールをグラスについでからいっきに呑みほした。伊津子は深井の顔をじっと見つめていた。深井はグラスを置くと、ふっと息を吐くように言った。

「あいつとの仲は冷え切っているんだ。あいつは、五千万出せば別れてやるとぬかした」

深井は唇を歪めた。

「五千万？」

伊津子はびっくりしてきき返した。

「慰謝料だよ」

「いけないわ。私、あなたとはいっしょになりません」

伊津子はきっぱりと言った。

「どうして？」

「私は立花文彦の妻なんです」

「しかし、ご主人は亡くなったんじゃないか」

「あのひとは汚名をきたまま殺されたのです。あのひとの汚名が晴れるまでは、私だけでもあのひとを信じていてやりたいのです」

「そんなことは結婚してからもできる」

「いいえ、今のままであなたと結婚することは、あのひとに対する裏切りだわ。妻の務めとして、あのひとの名誉が回復するまで結婚なんて考えられません」

「もし、ご主人を殺した犯人がつかまったら、考えてくれるのか？」

「いけないわ。奥さまを不幸になさっては」

深井はたばこをくわえると眉を寄せて火を点けた。そして、苦そうに煙を吐き出した。

そのまま、深井は黙りこんだ。

店を出てから、深井はホテルに誘おうとした。伊津子は断った。

「なぜ？」

「この前の思い出だけで充分。これ以上、裏切りは……」

深井は何か言いたそうだったが、結局口をつぐんだ。

深井がタクシーでアパートまで送ってくれた。

ガソリンスタンドの横を曲がって、暗い路地に入った。やがて、古いアパートが見えてきた。

伊津子がタクシーから降りたとき、電柱の陰に隠れた人影があった。その影はすぐに路地に入って消えた。伊津子の動悸が激しくなった。原宿のスナック『亜里』にいたヤクザふうの男の顔が鮮明に蘇った。深井を乗せたタクシーは、すでに出発していた。夜道にひとりになって、伊津子はあわててアパートにかけこんだ。

その翌日の夕方だった。会社に刑事が訪ねてきた。大井警部補のほかに厚木署の刑事もいた。

「上島公一さんが最後に会っていたのは、あなたなんですが、そのときの様子をもう一度おきかせいただこうと思いましてね」

厚木署の年配の刑事が訊ねた。

「じゃあ、ちょっと会議室が空いているか見てきますから」

伊津子がそう言ったとき、大井警部補が伊津子を呼び止めた。

「どうでしょうか。ごめんどうでも、ちょっと警察のほうに御足労願えませんか。そのほうがゆっくりお話が聞けるんです」

顔はにこやかだが、大井警部補の目は光っていた。

「どうしてでしょうか？」

「警察に来てもらったほうが手間がはぶけますので」

「でも、仕事がありますから」

「会社が終わったあとでもかまわないんですが、できれば早いほうがあなたにとってもいいと思うんですが」

穏やかな口調だが、有無を言わせぬ言いかたであった。刑事の言葉に不審を持ったが、伊津子は、

「わかりました」

と、仕方なさそうに答えた。

伊津子は部長にわけを言った。部長のあきれたような顔が瞼に残ったが、一礼してから自分の席にもどり、机の上を片づけた。

警察の車で、警視庁に連れていかれた。

伊津子は狭い部屋に通された。

スチール机をはさんで、ふたりの刑事と向かいあった。ひとりは真向かいに、もうひとりは机の横に椅子をひいて座った。

「あなたには交際している男性がいらっしゃいますね？」

刑事がいきなり言った。伊津子は軽い叫(さけ)びを上げた。ゆうべの不審な影の正体がわかった。あれは刑事が張っていたのだ。伊津子は刑事の顔が恐ろしいものに見えた。

「何という方でしたっけ」

刑事はいやらしい顔をした。

「なぜ、そんなことを？」

「そうそう、三興機械という会社の深井信一さんと言いましたかねえ」

刑事はとぼけていた。伊津子は相手をにらみつけた。警察は深井のことを調べ上げている。

「深井さんとはいつからのおつきあいなのですか？」

「そんなプライベートなことに答える必要はありません」

伊津子は大きな声を出した。

「そうもいかないんですよ。このことはとても重要なことなんです。もし、あなたが正直に答えてくれないと、深井さんに不利になりますよ」

刑事は伊津子を威嚇(いかく)するように言った。

「深井さんには関係ないことです」

「関係があるから、こうしてお伺いしているんです」

伊津子はこのとき自分に何かの嫌疑がかかっていることに気づいた。

「深井さんに離婚話が出ているそうですね」

刑事は無遠慮に伊津子の心の中に入り込んできた。

「そんなこと知りません」

「でも、深井さんの奥さんは離婚話が出ているとおっしゃっていましたよ」

伊津子は全身に鳥肌が立つのがわかった。

「深井さんとはいつからのおつきあいなのですか？」

「そんなこと、答える必要ないと思います」

「ご主人と深井さんはいかがでしょう？」

「どういうことですか？」

「ご主人と深井さんはつきあいがあったんでしょうかね？」

「どういう意味でお訊ねになるのかわかりませんが、ふたりは会ったこともありません」

刑事はわざとらしくため息をついた。

「正直に話していただきたいんですがねえ」

「ですから正直に答えています」

刑事は顔をしかめた。横にいた刑事が、

「二月十九日の夜、あなたはスナック『亜里』を出てからどこに行きましたか？」

「二月十九日の夜って？」

そうきいてから、伊津子は息をのんだ。あの夜、伊津子は上島と別れてから、深井と新宿のホテルに入ったのだ。伊津子が黙っていると、刑事は言った。

「スナックを出たあと、あなたが深井さんと会ったことはわかっているんですがねえ」

「そのとおりです。深井さんと会いました」

「で、どこに行ったのですか？」

「いったい、何がおっしゃりたいのですか？」

伊津子は憤然としてきいた。

「いえ、参考のためにきいているだけです」

「私たちを疑っているんですね。なぜ、私たちが上島さんを殺さなければならないと言うんですか？」

「金ですよ。奪った現金をふたりのものにするためですよ」

刑事は鼻の頭を手でこすりながら言った。

事件直後は夫を疑い、今度は自分まで疑われている。警察の乱暴な考えに、伊津子は唇をかんで、ごつい顔の刑事をにらみつけた。

「現金輸送車襲撃事件の真犯人は上島公一、立花文彦、それに深井信一。実行犯が深井だ。あなたは深井とぐるになって、他のふたりを殺害した。こういう考えだってできるんです」

「でたらめです！」

伊津子は机を両手で叩いた。

「ねえ、奥さん。すなおに喋ってくださいな」

刑事は猫なで声のような声で言った。

「何もしゃべることはありません」

伊津子は強い口調で言った。

「奥さんもなかなか強情なひとだ」

刑事が椅子の背もたれに寄り掛かって、あきれたように言った。それから、傍にいた刑事と耳打ちしてから、顔を伊津子に向けた。

「まあ、きょうのところはこれでお引き取りください」

伊津子は八時過ぎになって警察を放免された。すっかり疲れ切っていた。途中、公衆電話ボックスがあった。深井の家に電話をしてみようと、伊津子は中に入って受話器をつかんだが、途中で手が止まった。深井の家に電話をすることははばかられたのだ。しかし、深井の心配のほうがまさった。

迷った末、伊津子は思い切って、深井の家に電話をかけた。

呼び出し音が鳴っている。

「はい。深井です」

女の声だった。きれいな澄んだ声だった。これが深井の妻の声なのか。伊津子は胸の動悸が激しくなって息苦しくなった。

「もしもし、ご主人さま、お帰りでしょうか？」

伊津子はやっと声を出した。夜道をアベックが肩を並べて歩いて行った。

「どちらさま？」

細君がきいた。伊津子の受話器を握る手が汗ばんだ。

「立花と申します」

その瞬間、電話の向こうから殺気だった雰囲気が伝わってきた。

「まだ、帰っていません！」

そう言って、電話は乱暴に切れた。

伊津子は足がだるかった。立っていられないほど、疲労感が堆積していた。しばらく、電話ボックスの壁に寄り掛かって茫然としていた。夜道をタクシーが疾走していく。

アパートに深井から連絡が入っているかもしれない。伊津子はそう思って気力を奮い立たせた。

アパートには十時過ぎに着いた。

ふとんの中に入って、電話が鳴るのを待った。しかし、深井からの連絡はなかった。

まさか、警察に……。伊津子ははね起きた。それは充分に考えられることだった。深井は警察に連れていかれたのかもしれない。

眠れなかった。深井が自分のせいで不当な取調べを受けているのではないかと思うと、伊津子は寝返りばかり打った。

翌朝、頭の芯が痛かった。

伊津子は会社に出てから、深井の会社に電話を入れた。しかし、深井は会社を休んでいるということであった。

その日、一日中、伊津子は胸に重たい石を詰めたような気分のまま過ごした。とうとう夕方になっても、深井からの連絡はなかった。深井の家に電話をしようと思ったが、殺気だった細君の声を思い出すとためらわれた。

深井から連絡があったのは、その夜の八時過ぎだった。

「心配したわ」

「きのう、きょうと警察に呼ばれた」

「やっぱり。で、どうなの？　もう疑いは晴れたの？」

「まったく無茶な連中だ。証拠などなくて見込みで人を取調べてやがる」

深井が興奮して言った。

「今、どちら？」

「君のアパートの近くだ」

「まあ」

「会いたいんだ。君の部屋に行っていいか」

深井は早口で言って電話を切った。

深井はちょうど五分後にやってきた。

「二日間も、警察で事情をきかれた」

「ごめんなさい。私のためにあなたまでこんなことに巻き込んでしまって」

伊津子は深井の顔を見つめて言った。わずか二日間で、深井の頰はやせたようだった。

「君のせいじゃない」

深井は言って、たばこを取り出した。伊津子はすぐに灰皿(はいざら)を持ってきた。

「警察は焦(あせ)っているんじゃないか。現金輸送車襲撃事件の主犯の行方の手掛りがいまだにつかめないから」

「その主犯をあなただと疑ったのね？」

「警察は何でも疑ってかかるところだ。可能性のある人間を片端から調べている」

「でも、去年の三月十四日、あなたはどこにいたの。ちゃんとしたアリバイがあれば」

伊津子の顔を見て、深井は首を横に振った。

「あの日は土曜日だったね。会社は休みだったが妻と喧嘩(けんか)して外出し、帰ってきたのは夜中だった。映画を見たり、どこかで呑んだり。でも、もう一年以上も前のことなんだ。どこに行ったのか、まったく覚えていないんだ」

たばこを持つ深井の指先が小刻みに震え、長くなった灰が落ちそうになった。伊津子は急いで灰皿を差し出した。

「ただ、上島公一の件のほうの疑いは晴れた」

深井は表情を曇らせて言った。伊津子はいぶかしく思った。

「そのことで、君におわびをしなければならないんだ」

「何？」

「じつは、その、君とホテルに行ったことを告白してしまったんだ」

伊津子は眉をひそめた。

「しかたないわ。でも、それで警察は信用してくれたの？」

「ああ、ホテルの従業員が覚えていたらしい」

「でも、よかったわ。疑いが晴れて」

「そうだな」

深井も沈んだ声で言った。

「そろそろ帰る」

深井が立ち上がった。伊津子は深井をアパートの外まで見送った。

伊津子は、現金輸送車襲撃事件の主犯は北岡純だと思っている。しかし、証拠は何もない。ただの推測に過ぎない。それに、北岡は現在、刑務所に入っているのだ。北岡が上島を殺害することは不可能だ。仲間がいたという考えは無理なような気がする。仲間がいたとしたら、その男が主犯に違いない。だが、伊津子はそうは思わないのだ。

北岡と上島のふたりの犯行ということで、この事件のすべての辻褄(つじつま)が合う。北岡は別な事件で警察につかまり、上島は犯行時のアリバイによって、ふたりとも捜査圏外に置かれる。その上、捜査の目は立花に向けさせる。

こういう筋書だったのだ。

だが、その後に起きた文彦はともかく、上島殺しは、北岡が刑務所に入っている間に行われた。これはどう説明したらいいのだろう。北岡は無関係なのだろうか。

伊津子は部屋にもどってから、あらためて深井が伊津子との件を警察に話したことがどう影響するのだろうかと不安になった。

4

翌日、伊津子がコンピュータルームで端末を使っていると、山辺部長が入ってきた。

「君、ちょっと」

山辺は伊津子の脇にきて小声で呼んだ。眉を寄せて難しい顔つきの山辺を見て、伊津子はふいに目まいを感じた。用件が想像できたからだ。

伊津子は端末の電源を切って、山辺のあとについて行った。

応接室の前に来ると、山辺が入るように伊津子に目で言った。

部屋に入ったところで、伊津子は立ちすくんだ。総務部長が渋い顔つきで伊津子を見つめていたからだ。総務部長は縦縞の紺のスーツの肩を怒らせていた。

「さあ、座んなさい」

山辺が椅子をひいて言った。伊津子は軽く会釈して腰をおろした。山辺は伊津子の隣に腰を降ろした。伊津子は総務部長と向かい合う恰好になった。

「どんな用件だかわかっているね？」

いきなり総務部長が口を開いた。伊津子の胸に響いてくるような声だった。それが深井のことだと察しがついた。

「さっき、三興機械のシステム部長が見えてね。君のことを話して帰られた」

総務部長は、目も鼻も口も丸顔の中央に集まるくらい顔をしかめていた。横から山辺のため息が聞こえる。

「よりによって三興機械の人間と不倫ざたとはな」

予想していたことだが、不倫という言葉に伊津子は頬を殴られたようなショックを受けた。

「深井くんは今や三興機械コンピュータ部門のエースだそうだ。向こうの部長さんも苦慮しておられた」

総務部長は小出しにいやみを吐き続けた。

「君はご主人を亡くして、まだ半年も経っていないんじゃないのか。君の寂しい気持ちもわからなくはないが、それにしても非常識ではないのかね」

「申し訳ありません」

伊津子はただ謝った。

「会社が個人の私生活まであれこれ言う必要はないと思っているだろうがね、向こうはもう得意先の有望な社員なのだ。これ以上、深井さんにつきまとってはだめだ」

総務部長は声の調子を強めた。

「もし、まだつきあうというなら、我が社にいてもらうわけにはいかなくなる。わかっているね？」

「会社を辞めろという意味でしょうか？」

伊津子が言うと、山辺が横から口を出した。

「そうじゃない。君が別れさえすれば、三興機械に対しても言い訳がたつ」

山辺は伊津子を説得した。すかさず、総務部長があとを引き取ってまくしたてた。

「君、山辺部長はずいぶん君をかばってきたんだ。最近、遅刻、欠勤が多く、君の処遇が問題になったときも、山辺部長のとりなしで君は助かった。今回のことだって、山辺部長の顔を立てることにしたんだ。これ以上、山辺部長の顔に泥を塗るようなことをしないと約束できるか」

「申し訳ありません。部長にはほんとうにお世話になって」

伊津子は山辺に向かって頭を下げた。

「お話はよくわかりました」

「じゃあ、深井くんとは別れるんだね？」

「それは私自身の問題ですから」

伊津子がきっぱりと言った。総務部長はしらけたような顔をした。

自分の机にもどると、佐野きく江が飛んできた。

「どうだったの？」

きく江は心配そうにきいた。

「いやみをいろいろ言われたわ」

「そう。で、どうするつもり？」

伊津子はきく江の顔を見ているうちに悔し涙が出てきた。他人の夫を横取りした人でなしのような言いかたをされたのだ。しかし、深井の妻から見れば、伊津子は泥棒猫(どろぼうねこ)同然なのだろう。

「まさか、会社を辞めるつもりじゃないでしょうね？」

きく江がびっくりしてきいた。

「そのうちにお話しするわね。きょうは早退させてもらうわ」

伊津子は机の上を片づけながら言った。きく江が何か言いたそうだったが、伊津子は厳しい顔つきで部長席に向かった。

伊津子は渋谷の雑踏を歩いた。深井のほうは大丈夫だろうか。自分のために深井は警察に呼ばれ、会社の中でも問題にされているようだ。伊津子は深井にとってとんだ疫病神(やくびょうがみ)だったのかもしれない。

公衆電話ボックスを見つけて、伊津子は深井の会社に電話をかけた。しかし、会議中ということで、深井をつかまえることが出来なかった。

伊津子は映画館に入った。ストーリーは頭に入ってこなかった。休憩時間に中年の男が声をかけてきた。伊津子は相手にしなかった。男は捨てゼリフを残して離れていった。

終業時間間際(まぎわ)に、もう一度、伊津子は深井の会社に電話を入れた。

しばらくして、交換から深井の声に代わった。もう会えないのではないかという不安があったので、伊津子は深井の声を聞いて胸が熱くなった。

「どうした？」

伊津子の様子を気にしたように、深井が声をかけた。

「何でもないわ」

伊津子は気を取り直して言った。

「今夜会いたいの」

「わかった。六時半にいつものところで」

電話を切ってから、伊津子は時計を見た。五時半だった。

六時過ぎに、伊津子は四谷三丁目の喫茶店『ミナミ』に行った。二階の窓際のテーブルについた。信号を渡って歩いてくる人の顔がよくわかる。

伊津子はコーヒーを飲みながら、深井を待った。ネオンの灯がどこか寂しげに映る。まるで、遠い旅先に来ているような錯覚に陥った。

深井とは今夜が最後だという予感が、伊津子にはあった。たとえ、深井が別れないと言っても、伊津子は身を引かねばならないのだ。

ふと、窓の下を見ると深井の顔が見えた。視界から消えて、やがて、階段を上がって深井が伊津子のそばにやってきた。

深井の暗い顔を一目見て、伊津子は深井にふりかかった火の粉の大きさを想像した。

「やっぱり、会社から何か言われたのね？」

深井が椅子に腰をおろすと、伊津子はまずきいた。深井は黙ったままたばこを取り出してくわえた。

「だいじょうぶなの？」

煙を吐いてから、深井はうなずいた。

「私も会社でいろいろ言われたわ」

「そうか」

「奥さまは？」

伊津子が訊ねると、深井は苦そうにたばこを吸ってから、答えた。

「ヒステリー状態だ」

「そう、申し訳ないことしたわ」

伊津子はふうとため息をついた。

ウエートレスが深井の前にコーヒーを置いた。

「あなたとおつきあいがはじまったのはいつだったか覚えている？」

ふいに思い出したように、伊津子は言った。

「確か、キャンプに行ってからだと思う」

「そう。会社の皆と蓼科湖（たてしなこ）にキャンプに行ったことがあったでしょう」

「ああ、そうだったな。もう何年になるのかな」

「八年前じゃないかしら」

「そうか。そんなになるか」

「あのあとよ。あなたとおつきあいするようになったのは」

「そうだったか」

「ええ、霧の湖であなたとボートに乗って。あのとき、とてもしあわせだと思ったわ」

伊津子はテーブル越しに手をのばし、深井の手にふれた。

「君とどこかへ行ってふたりきりで暮らせたらな」

「いいわね。あなたとならどこまでもついて行くわ」

別れが目の前に迫っていることを知りながら、伊津子も深井も言葉を楽しんでいるのだ。

「ねえ、少し歩かない」

深井のコーヒーカップが空になってから、伊津子は誘った。

「今夜はそんなに遅くなれないんだ」

深井が戸惑ったように言った。

「わかっているわ。少し、あなたと歩きたいだけ」

外に出ると、風は冷たかった。神宮外苑に向かって歩いた。伊津子は途中で、深井の腕に自分の腕をからめた。

「ねえ、私には夢があるの。小さな夢が」

伊津子は深井の肩に甘えるように顔をつけて、前方を見つめながら言った。

「何？」

向こうから人が歩いてきた。伊津子は口を閉じた。

「ねえ、あっちに行きましょう」

暗い風景の中に、絵画館の建物がぼんやり見える。

「夢って何？」

深井がきいた。

「あなたと再会したときから、なんとなく考えていたことなの」

伊津子は静かな口調だが、夜の外苑に声が重く響いた。

「あなたとどこか山奥で暮らすの。ペンションなんかやりながら」

「ペンションか」

深井がぽつりと言った。

「ねえ、ペンションをやりましょう。ふたりで」

伊津子は立ち止まって、深井の顔を見上げて言った。深井がうなずいた。

「いいだろうな」

深井は目の前に続く暗い道を眺めながら、

「夢だな」

と、ぽつりと言った。

「今だけ夢を見させて」

前方の闇の中にぼんやり見える街路樹をながめながら、伊津子は言った。

「ぼくは君を選ぶべきだったのかもしれないな」

深井が立ち止まって言った。

「君にはすまないことをしたと思っている」

「いいのよ。あなたとはどうせ結ばれない運命にあったんだから。再会出来ただけでも、しあわせだと思わなきゃ」

「今、会社を辞めるわけにはいかないんだ。身勝手だと言われそうだが」

「あなたは私といっしょだと不幸になるだけよ。奥さまを大切にね」

「すまない」

深井は頭をさげた。このとき、やはり自分には文彦しかいなかったのだと、伊津子は悟った。

5

翌日、伊津子は山辺部長に辞表を提出した。山辺は顔をしかめて、辞表をじっと見つめていたが、軽くため息をついた。

「ちょっと、会議室に行こうか」

山辺は立ち上がって、伊津子を空いている会議室に連れて行った。

「考え直したらどうなんだ？」

山辺が脚を組んで言った。

「部長にはいろいろしていただいてありがたく思っております」

伊津子は両手を膝の上に揃えて、深々と頭を下げた。

「きのうの総務部長の話をそのまま鵜のみにしなくてもいいんだ。別れましたと言っておいて、陰で会っていたって誰にもわからない」

「そんな理由ではありません。私にはやらなければならないことがあるんです。そのことに気づいたのです」

「やらなければならないことって、まさか君はまだ……」

山辺が顔をしかめて言った。

「はい。主人の汚名を晴らすことが私の務めだとわかったのです」

「しかし、君ひとりでいくら頑張ったって……」

「いえ、かなわないまでも、私にはそれをする義務があると思っています」

「ばかな」

山辺は吐き捨てるように言った。そして、体を前に突き出して何かを言いかけたが、すぐにあきらめたように体をひいた。

「決心が固いようだね」

山辺が弱々しい声で言った。

「しばらく休むことにしたらどう？　休職扱いにして」

「また部長にも迷惑をかけることになりますから」

「私なら構わない。私は君の技術を買っているんだから」

「いえ、やはり辞めさせていただきます。わがまま言って申し訳ありませんが」

山辺はしばらくの間、伊津子の顔を見つめていたが、あきらめたように言った。

「わかった。いくら言ってもだめだろうな。しかし、心の整理がついて、仕事をしたくなったらまた私のところに訪ねてきなさい」

「部長にはほんとうにお世話になりました」

伊津子は頭を下げた。

その夜、伊津子は秀子のアパートに寄った。彼女はだいぶ元気になったようだった。伊津子は部屋に上がった。共に、たいせつな人間を殺されたということで、伊津子は秀子に親近感を持っている。

「呑みます？」

秀子がウイスキーのボトルを手に持ってきいた。

「いただこうかしら」

伊津子は笑みを見せた。

「まだ、上島さんを殺した犯人の見当はまったくついていないんでしょう？」

伊津子は、台所にいる秀子に声をかけた。秀子が盆にボトルとグラスと氷をガラスの器に入れてテーブルまで運んできた。

「上島さんは誰かに狙われているとか、そんなことはなかったのかしら？」

伊津子は自分のグラスに氷を入れながらきいた。

「警察にも同じことを何度もきかれたけど、何もないわ」

秀子はグラスを手にして答えた。

「何でもいいの。あなたにとっては何でもないことでも話してみていただけないかしら」

秀子が何かを考える仕種をした。

「関係ないと思うけど」

秀子はつぶやくように言った。

「ええ、何でもいいわ。言ってちょうだい」

「あの人がいなくなる一週間ぐらい前だったかしら」

秀子は額に手を当てて考えながら答えた。

「電話があって、上島がアパートから駅前にある喫茶店まで出ていったことがあったわ」

「電話で呼び出し?」

伊津子は身を乗り出した。

「出かけて行ってから、三十分ぐらいしてぷりぷりしながら帰ってきたの。どうしたのってきいたら、相手がこなかったと言っていたわ。イタズラ電話だったみたい」

「妙ねえ。上島さんは喫茶店でずっと待っていたのかしら」

「それが、喫茶店でも呼び出し電話があったんですって。上島が出てみると、電話の向こうは無言だったそうなの。それでイタズラと思って帰ってきたのよ」

「その後、そんなことは」

「それ一回だけよ」

伊津子は考えた。もし、これが犯人の仕業だとしたら、どういう意味があるのか。

伊津子は、顔を見るためではないかと思った。犯人は上島の顔を知らなかった。だから、上島を呼び出して顔を確認した。そう解釈した。

「去年の三月ごろ、上島さんの様子に変わったことはなかった？」

秀子は少し迷っているようだったが、顔を伊津子に向けた。

「私、今まで黙っていたけど、彼は現金輸送車を襲った犯人の一味じゃないかって、ときどき考えたことがあったわ」

「たとえば、どんなことで？」

「あの事件の前後で、彼の態度が変わったの。事件の前ぐらいまではどこか神経がぴりぴりしていたけど、事件からしばらく経つと、はしゃぐようになって、それがなんとなく気になってしようがなかったの」

それだけでは犯人だという証拠にはならないが、犯人だとすればそのような心理の動きは納得できた。

「これからどうするの？」

伊津子は秀子の将来が気になって訊ねた。

「また、スナックで働こうかしら」

ぼんやりと、そう答える秀子に、事件のことで何かわかったら教えてほしいと言って、伊津子は秀子のアパートを辞去した。時計を見ると、九時になるところだった。

伊津子は迷った末に、原宿のスナック『亜里』に行ってみた。

さすがにこの時間は客がたくさんいた。伊津子はカウンターの隅に腰をおろした。

マスターがおしぼりを出した。

「ビールをちょうだい」

伊津子は言った。すぐに、ビールとグラスが目の前に置かれた。

「上島さんもとんだ災難でしたねえ」

マスターのほうから、上島の話になった。

「あの夜、上島さんは何時ごろまでここに?」

伊津子はきいた。

「九時半ごろでしたかねえ。かなり、いい気持ちになっていましたねえ」

「あのとき、奥のテーブルに人相のよくない男がいたでしょう。覚えてません?」

「覚えてますよ。どこかの組のもんでしょうね」

「私のほうをじっと見つめていたわ」

「そうでしたか」

「その後、来ないの?」

「ええ、来ませんね」

マスターは他の客のほうに行った。伊津子はあのヤクザ者のことが気になった。彼らは、伊津子ではなく上島を見ていたのではないだろうか。さっき、秀子から聞いた電話での呼び出しの件とどこか結びつくような気がした。

マスターがもどってきた。ふと、伊津子は秀子が働き口を探していたことを思い出した。

「ねえ、人が足りないんでしょう。女の子、まだ決まらないの?」

「そうなんですよ。誰かいないですかね」

「上島さんは彼女をここに連れてきたことないの?」

「上島さんの彼女? そういえば、若い女の子を連れてきたことがありましたねえ」

「彼女、どうかしら。今、働けるお店を探しているらしいわ」

秀子はここで働くのがいいだろう、と伊津子は何となく思った。

6

――先生のお手紙を拝見して正直びっくりいたしました。坂本美奈江さんについてお訊ねだからです。私と彼女は高校時代から異性という感情を抜きにして何でも話せる友人同士でした。でも、職場の上司とのことだけは私にどうしても言えなかったのでしょう。彼女が不倫の恋に悩んでいたことは、心中したあと知ったのです。ですから、西和銀行の上司の名前も、そのときはじめて知ったのです。それから、先生は私の恋人のことをきいておられましたが、確かに好きな女性はおりました。しかし、私が坂本美奈江さんと親しいと誤解した彼女は親のすすめる見合いをして結婚してしまいました。なぜ、先生がこのようなご質問をされたのかわかりませんが、このようなことで、先生の質問に対するお答えになったでしょうか。

そろそろ、桜の季節ですね。早く、ここを出て、今度こそ地道に働こうと思っております。

北岡の言葉をそのまま信じることにためらいを感じた。静代はなぜだろうと思った。

坂本美奈江は、愛する男とではなく、その弟と結婚しなければならない状況に追い込まれていったのだ。この狭間（はざま）にあって悩み苦しんだのではないか。その悩みを北岡は聞いて知っていたはずだと思ったからだ。

静代は枝沼から聞いた話を反芻（はんすう）した。それによると、立花は罠にはめられた可能性が高い。

「どうしたんだね？　浮かない顔をして？」

ふと顔を上げると、佐田弁護士が傍に立っていた。

「何か心配事があるような顔つきだが」

「先生、今、よろしいですか？」

静代は佐田に相談しようと思った。

佐田の執務室に入って、静代は佐田と向かいあった。

「北岡純の件なのですが」

静代はこれまでの経緯を説明した。

「つまり、北岡はわざと警察につかまったとも考えられるのです。給料を前借りしたり、サラ金から借金したりしたのも、北岡は兄のためにやったように見せかけたのです。犯行の状況証拠を作るための偽装工作だったのではないでしょうか」

佐田は小さな顔をうなずかせながら聞いていたが、静代の話が終わるのを待って、

「で、君はどうしようと言うんだね？」

と、きいた。静代はけげんそうに佐田の顔を見て、

「どうするって、真相を突きとめるつもりですけど」

と、答えた。すると、佐田は、

「弁護士としての君の仕事じゃないね。たしかに、北岡純は君の依頼人だった。しかし、君の任務はもう終わっているんだ」

と、静代を諭すように言った。

「でも、彼は弁護人である私をだましたのかもしれないのです。もし、そうだったとしたら……」

「たとえ、北岡純が何かを企んでいたとしても、君に責任はない。弁護士の使命は、被告人の利益を……」

「いえ、北岡の偽装を見抜けなかった自分が情けないんです。誰のためじゃありません、自分のためにも真相を突きとめたいんです」

佐田はしばらく腕組をして考え込んでいたが、ふと表情を和らげ腕組みを解いた。

「わかった。しかし、このことは誰にも言わずに調べるんだ。なにかの間違いで、弁護士

が冤罪事件を作り上げてしまう、ということになるかもしれないからね」

「はい。充分に気をつけて調査します」

静代は執務室を出ると、外出の支度をした。

外に出ると、風の光にも柔らかみが出てきたようだ。新宿駅の雑踏のなかを、静代は小田急のホームへ急いだ。

静代は、北岡純の兄昌彦に会うために海老名に向かった。

寿司屋のノレンをくぐると、昌彦がカウンターから大声で、

「これは先生」

と、驚いたような声を出した。静代は笑みで応えてから、隅のテーブルに腰を降ろした。

「何かあったんですか?」

昌彦は不審そうな表情できいた。

「いえ、ちょっとこちらのほうに用があったので寄ってみたのよ」

静代はさりげなく言った。

「握ってもらおうかしら」

静代はおしぼりで手をふいてから、

「じゃあ、トロね」

と、声をかけた。

「純さんに、恋人がいたそうですね。お兄さんはご存じですか?」

静代はビールを呑みながらきいた。

「ええ、好きな女がいるってことは知っていました。でも、その女の人は結婚してしまったようですよ」

昌彦はにぎりながら答えた。

「その女性の名前、わかりませんか?」

「さあ」

「純さんの口から上島という名前を聞いたことはありませんか?」

「いえ。ありません。先生、いったい純に何があったというんですか。この前も、若い女が純のことでやってきた。いったい、あの女も先生も何を調べているんですか?」

昌彦が新しい握りを静代の目の前に置いてからきいた。静代は、伊津子という女を思い出した。

「いえ、何でもないんです」

「何でもないって言われても、こっちは気になりますよ」

昌彦は不満そうに言った。

「仮釈放が近づいてきたので、彼のまわりにうさんくさい人物がいないか、調べているんです。妙な仲間がいたら、せっかく更生して出てきても、心配ですからね」

静代の言い訳を、昌彦が信じたかどうかわからない。

「それはそうと、純さんはアパートをどうしているのかしら」

「アパート？　前に住んでいた所ですか？　あそこはもう引き払いましたよ」

「荷物なんかは？」

「荷物っていったってがらくたばかりです。ほとんど売り払って、残りはうちに置いてありますよ」

「ここにあるのね？」

「ええ」

「その荷物、見せてもらえません？」

「荷物を？」

昌彦は不審そうな顔をした。何か言いたそうだったが、すぐ細君に向かって、

「おい、先生に純の荷物を見せてさしあげて」

と、声をかけた。

「すみません」

静代は椅子から立ち上がって、細君のあとについて奥へ行った。階段を上がって、二階の一番奥の部屋に、数箇の荷物が無雑作に置いてあった。

「この荷物を梱包したのはどなた?」

「うちのひとですけど」

背後に立っていた細君が答えた。階下から、昌彦が細君を呼んでいた。客が立て込んできたのだろう。

「すみません。ちょっと呼んでますので」

静代を残して、細君は降りて行った。静代はそのダンボール箱の中を見た。洋服とか、本とか、テレビ、ラジオ……。さっと調べただけだが、金が隠されている雰囲気のダンボール箱ではなかった。

静代は階段を降りて行った。カウンターもほとんど客でいっぱいになっていた。静代は元の椅子に腰をおろした。

「ごめんなさい。変なこと頼んだりして」

「いや、かまいません」

昌彦は人の好さそうな顔で答えた。

「何か握りましょうか?」

「いえ、もうおなかがいっぱい。それより上がりをちょうだい」

静代は、北岡純は金をもっと別な場所に隠したと考えた。もし、昌彦が金を発見したら、きっと警察に届けると思うからだ。

すると、盗んだ金はどこにやったのだろうか。現金輸送車を襲撃してから警察につかまるまで約五時間。その間に上島と会い、渋谷のサラ金に返済しに行っているのだ。そんなわずかな時間で一億五千万円もの金をどこに隠したというのだろうか。

「はい。どうぞ」

細君が上がりを目の前に置いた。静代は熱い茶をすすりながら、さらに考えた。

現金を分散して銀行の貸し金庫に隠したとも考えたが、こういったところは警察の調査がいく可能性がある。そういった場所ではない。

やはり、普通のマンションの可能性がある。あるいは、共犯がいるのか。

新しい客がやってきた。それを潮に、静代は立ち上がった。

「ごちそうさま」

静代は昌彦に言った。

「おいくらかしら」

「いえ、結構です」

細君が言った。昌彦も、カウンターから同じことを言った。

「そうはいかないわ。ちゃんと払わせてください」
二、三度の押し問答の末に、静代は昌彦に金を払って外に出た。
昌彦からめぼしい情報は得られなかった。だが、金は昌彦のもとにないということがわかっただけでも収穫かもしれない。昌彦も、彼の細君も重大な隠しごとの出来るようなタイプの人間ではないことも確かだった。

静代は新宿行き電車の吊り革にゆられながら、ふと、盗んだ金を処理したのは、上島ではないか、と思いついた。

しかし、上島が殺されたことはどう考えたらいいのだろうか。上島を殺した男か女をXとすると、Xと北岡は仲間ということになる。

このXが、現金を保管していると考えるのが自然だろう。北岡と強い結びつきがあるとすればXは女の可能性が強い。金の処分はやはり上島ではなく、北岡の愛人がやったのだ。静代はそう確信した。

町田に着いた。乗客がどっと降りた。静代はやっと座ることが出来た。

昌彦が言っていたが、北岡純には恋人がいたようだ。結婚したというが、その女のことをもっと知りたいと思った。

その週の土曜日、宏治が広島から出てきた。午後、広島を出発するということで、宏治が東京に着くのは六時過ぎになる。

いつものように東京駅の銀の鈴で待ち合わせした。以前と同じように静代は椅子に座れず、柱の陰に立って宏治を待たねばならなかった。

静代は柱の横から、改札を見た。人の流れのなかに、宏治の顔が見えた。宏治も気がついたらしく、笑みを作った。

「やあ、どうも」

やはり、照れたように宏治は言った。

「ねえ、今夜のホテルは?」

静代はさっそくきいた。

「まだ、決めていない。どこかビジネスホテルに泊まるさ。ちょっと枝沼さんのところは泊まり辛(づら)いからね」

「私の家に来ない?」

宏治はまぶしそうに静代を見た。

「しかし……」

宏治はとまどったような顔をした。

「そうね。あなたの婚約者が誤解するといけないわね」

「いや、そうじゃないんだ。それはいいんだ」

宏治はあわてて言った。

「泊めてもらっていいか？」

「ええ、汚いところだけど」

そう言って、静代はすぐに券売機に向かった。国分寺までの切符を二枚買って、改札に入った。

「どの辺に住んでいるの？」

宏治が電車の中できいた。

「駅から五分ぐらいのところ。一軒家を借りているの」

「一軒家？　アパートじゃなく？」

「猫が二匹いるでしょう。アパートじゃ飼えないもの」

国分寺の改札を出てから、静代は途中のスーパーで買物をした。明日の朝食に納豆とたまごを買った。そのほかに牛乳などを仕入れた。

家の扉を開けると、猫がとんできた。

夕飯の支度をしながら、あのころの自分はこんなふうに食事の支度をするほどマメではなかった、と静代は考えた。

宏治の大好物の野菜サラダをたくさん作った。

卓上に運んで、日本酒の燗をつけた。

「なんか、屈託があるような顔だね？」

箸を持つ手をやすめて、宏治がきいた。

「あら、そうかしら」

静代は顔に両手をあてて言った。

食事のあと、宏治がもじもじした。

「やはり、どこかホテルに泊まることにするよ」

そう言って、宏治は立ち上がった。静代はびっくりして、

「だって、もう時間が遅いわ」

と、宏治の腕をつかんで言った。

「しかし、いっしょに泊まれば……」

宏治はあとの言葉を濁した。静代は寂しそうに手を離した。

「わかったわ。婚約者に悪いものね」

静代は玄関まで見送った。

「ほんとう言うとね、婚約したというのは嘘だったんだ」

「嘘？」

「君を枝沼さんと結婚させるために、そういうことにしただけなんだ。君をひとりにしておくのが心配だから」

静代のことが心配だから枝沼と一緒にさせようという宏治の気持ちはわからなくはないが、不可解でもあった。不可解ではあるが、宏治の中に自分に対する好意以上のものがほの見える気がして、静代はうれしかった。静代は思わず宏治の胸にしがみついた。

「泊まっていって」

「君を抱くと別れが切なくなる。いっしょに暮らせるなら別だけど」

宏治はそっと静代の腕をはずすと、鞄を右手に持った。静代の目を見て、軽く会釈すると、宏治は静かにドアを開けて出て行った。

第五章　帰ってきた男

1

伊津子は二月末に、会社を辞めた。山辺部長と佐野きく江の三人だけの送別会が終わった翌日、伊津子は原宿の『亜里』に顔を出した。

早い時間から、客がたてこんでいた。若い女がカウンターの中にいた。はじめて見る顔だった。伊津子はおやっと思った。秀子に会えると思って来たのだが、彼女の姿が見えない。

「マスターは？」

伊津子は、若いがやせて病的な感じの女にきいてみた。

「誰（だれ）かが訪ねてきて、外に出て行きました。すぐもどってきますわ。何になさいます？」

女は伊津子の前にお通しを置いてきいた。

「ビールをちょうだい」

伊津子がビールを一口呑んだとき、マスターがもどってきた。

マスターは伊津子の顔を見ると、急いで傍にやってきた。ヒゲ面の顔が憂鬱そうだった。

「今、暴力団関係に明るい知り合いのルポライターと会ってきたんです」

マスターは伊津子の耳もとで言った。怒りを堪えているような口調だった。

「何かあったんですか？」

珍しくいらついているようなマスターに、伊津子は訊ねた。

「彼女、もう辞めたんですよ」

マスターが話題を変えたように言った。

「秀子さんのこと？　まあ、どうして？」

秀子から『亜里』で働くことになったと聞いてから二週間が経っていた。マスターは太い眉を寄せて、

「気になることがあってね。それでルポライターの知人に調べてもらっていたんです」

と、伊津子の目を見つめて言った。伊津子はマスターの妙に真剣な表情に引きつけられ

て、身構えるように相手の目を見つめた。

「例の三人組のひとりで、パンチパーマの鼻の大きい男。その男が三日も続けてここにやってきたんです」

「三日続けて……。それで？」

伊津子は話の先を急かした。

「その男は秀子さんをくどいているようでした。それから、二、三日してから、秀子さんが店を辞めたいって」

「秀子さんは、その男と？」

「そうだと思いますよ。彼女は何も言いませんでしたが」

「その男はもうここには来ていないんですね？」

「来ていません」

マスターは言ってから、男の名前を口に出した。

「小糸会吉野組の組員で平沢というんです」

「小糸会？」

「ルポライターの知人の話だと、小糸会は関東地区に勢力を持っている組織だそうです。吉野組はその傘下のひとつで大森に事務所を構えているらしい。なんで、そんな男が秀子さんにまとわりつくのか」

「これから、彼女のアパートに行ってみるわ」

「気をつけてくださいよ。平沢といっしょかもしれませんから」

伊津子は立ち上がった。

アパートに向かうタクシーの中で、伊津子は吉野組の組員がなぜ秀子に近づくのだろうかと考えた。

アパートの前でタクシーから降りた。秀子の部屋の前まで来たとき、伊津子はとっさに身を隠した。秀子の部屋から男が出てきたからだ。パンチパーマのやせた男であった。眉が濃く、いかつい顔をしている。鼻が異様に大きいのが特徴であった。やはり、マスターの言っていたことはほんとうだった。

男のあとから秀子も出てきた。男は黒革のコートとグレイのスーツに、原色で模様を作った派手なネクタイをしめていた。

秀子は男を見送ってから、部屋に引き返した。

男の姿が見えなくなってから、伊津子は秀子の部屋に行った。呼鈴を押すと、すぐに秀子が顔を出した。

伊津子の顔を見て、秀子はあっと短い声を上げた。男がもどってきたのかと思ったらしい。秀子の髪は乱れている。

「あら、あなただったの」

秀子は扉(とびら)のところに立ったまま居直ったように言った。

「ちょっと、入れてもらえない？」

「散らかっているから」

「かまわないわ」

伊津子はいやがる秀子に構わず、部屋に入った。ふとんが敷いたままだった。男の体臭がまだ残っていた。

「今出て行った男、誰？」

伊津子は秀子に顔を向けた。

「見ていたの？」

秀子は照れ笑いを浮かべた。それから、ふとんの上にあぐらをかいて座り、たばこをくわえて火を点(つ)けた。

「じゃあ、わかるでしょう。見てのとおり」

秀子は煙をいっぱい、伊津子のほうに吐いてから言った。

「あなたが誰とつきあおうと、私には関心ないわ。ただ、今のひと、ちょっと気になるのよ」

「上島さんの殺されたことと関係あるかもしれないから」

「気になるって？」

「へんなこと言わないで」

「上島さんが死んで、今度はあなたに近づいたとも考えられるの」

「あなたの考え過ぎだわ。彼は建築設計事務所のひとよ」

「あの男の目つきはふつうのひとと違うと思わない？」

「べつに……」

「あなたはだまされているのよ」

「よけいなお世話でしょ！」

秀子は大声を出した。

「あんな男とつきあっちゃだめ！」

「あのひとはとてもやさしいひと。上島さんよりやさしいわ」

「そんなことにだまされちゃだめ。きっと魂胆があるのよ」

秀子は苦しそうに顔を歪めた。秀子の気持ちが、伊津子には痛いほどわかった。上島が死んで寂し過ぎるのだ。

「あの男は小糸会吉野組の組員なのよ」

「嘘！」

「ほんとうよ。平沢っていうんでしょ？」

秀子はハッとしたように表情を強張らせた。そして、ふてくされたように秀子はたばこをもみ消した。

彼らは上島が現金輸送車襲撃事件の犯人だということを知っていたのではないか。それで、盗んだ金を横取りしようとしているのではないか、と伊津子は想像した。

ふと、彼らは北岡のことまで知っているのだろうか、とも考えた。北岡といえば、そろそろ出所するころではないか、と伊津子は北岡のことに思いをはせた。

2

桜の花びらが雨に打たれて濡れていた。

千葉県にある椿刑務所は高さ五メートルもある灰色の塀に囲まれていて、塀の外には団地のような職員官舎が並び、周囲は緑の林で囲まれ、南側には川が流れている。正門からバス停まで一キロある道の片側は畑地であった。

雨が降りしきる中、結城静代は北岡純の兄昌彦といっしょに立っていた。道路にも水たまりが出来ている。

やっと、門が開いた。肌寒かった。静代は目をそのほうに向けた。北岡が刑務官に見送られて門から出てきた。

北岡は角刈りの頭をきれいに散髪し、昌彦が差し入れしたズボンとワイシャツを着て、こざっぱりした感じで、刑務官にあいさつした。傘を片手に風呂敷包みを持ち直して、北岡は昌彦のほうに歩いてきた。

途中、静代に気づいて北岡は足を止めた。一瞬顔を曇らせたが、北岡はちょっと傘を横にずらし、雨空を仰いだ。その仕種が、静代の顔を見た動揺を隠すためのようにも思えた。

「ごくろうさまでした」

静代は近づいて行って、北岡にねぎらいの言葉をかけた。北岡がやっと顔を向けた。さきほどの不思議な表情は消えていた。いくぶんやせたような気がするが、北岡には暗さのようなものはなかった。傷害や殺人などと違うので、すっかり贖罪が済んだという気持ちがあるのかもしれない。

「さあ、帰ろうか」

昌彦は北岡に声をかけた。北岡も軽くうなずいた。

北岡は昌彦が運転してきた車の助手席に乗り込んだ。

車が発進したとき、静代は後部座席から辺りを見回した。北岡の仲間が出迎えに来ているのではないかと思ったのだ。路線バスが走っている道路に向かう道には人影はなかった。顔をもどしたが、静代の心から現金輸送車襲撃事件のことが消えていない。

雨は一層激しさを加えていた。助手席の北岡は窓の外を飽きずに眺めている。久しぶりに見る世間を目で確かめているようにも思えるし、これからのことを考えているようにも思える。ひょっとしたら、大金が彼を待っているのかもしれないのだ。

「これからのことだけど」

後部座席から静代は探りを入れるように北岡の背中に声をかけた。

「そんなこと、心配していただかなくてもだいじょうぶですよ」

と、北岡は無愛想に言った。

「しばらく俺の家にいろ」

昌彦が赤信号にブレーキをかけて言った。

「すぐに働くつもりだ。パブ時代の仲間が新宿でスナックをやっているから」

北岡は何の迷いもなく答えた。

「好きにしたらいい。だけど、しばらくは俺のところにいろ」

「俺のようなムショ帰りが居候したら、兄貴に迷惑がかかるからな。なにしろ、客商売だから。まあ、二、三日だけやっかいになるよ」

信号が青に変わって、車が動き出した。静代はさりげなくふり返り、後続車を注意したが、別につけている車があるようでもなかった。

静代はＪＲの千葉駅まで送ってもらい、車から降りた。

「近いうちに会いたいの」

外に出てから、静代は助手席の窓から北岡に声をかけた。

「明日か明後日にでも、先生の事務所に伺いますよ」

北岡はだいぶ間をおいてから答えた。

北岡が事務所にやってきたのは、二日後であった。

「よく来てくれたわね」

静代は北岡を応接室に連れて行った。

「少しは落ち着いたかしら」

「まあ、刑務所から比べれば天国です」

事務員がお茶を運んできた。その間、静代も口をつぐんでいた。

「あなたにちょっと確かめたいことがあったの」

事務員が出て行ってから、静代は口を開いた。

「たばこ吸ってもいいですか？」

北岡は憂鬱そうな顔を向けた。静代の返事も聞かずに、北岡はたばこをくわえてライターを鳴らした。

「あの事件の直後のことなの」

北岡は目を細めて煙を吐いた。

「世田谷の岡田さんの家にあなたが侵入したのは午後二時十分ごろだったわねえ。そして、四時半ごろに渋谷にあるサラ金に金を返しに行っているでしょう。それから、あなたが警邏（けいら）中のパトカーの不審尋問を受けたのが七時半ごろね」

「なんで、今さらそんなことをきくんですか？」

北岡が不満そうに言った。

「あとから考えてわからないことが出てきたの。いやなことを思い出させて申し訳ないと思います。でも、今後の弁護の参考にしたいから知りたいの」

北岡は皮肉そうな笑みを作った。

「あんな窃盗事件なんか、参考になるとは思えないですけどねえ」

「そんなことないわ。どんなことでも経験ですから」

北岡の吐いたたばこの煙が、静代の顔に当たった。静代はまともに煙を浴びながら、

「あなたはサラ金に金を返したあと、捕まるまでどこで過ごしていたの？」

と、きいた。

「渋谷の呑み屋を何軒かはしごしたんです。前にも言ったとおりです」

「なぜ、お酒なんか呑んだのかしら」

「サラ金に金を返してホッとしたんです。だから、呑みたい気分になったんです」

「そんな気持ちになるものなのかしら？」

「現にそうだったんですから」

北岡は唇(くちびる)を歪めて言った。

「岡田さんの家からどうして真(ま)っ直(す)ぐにサラ金に行かなかったの？」

北岡はうんざりしたように、

「盗みに入ったあとで、少し興奮していたんですよ」

と答えたあと、たばこを灰皿(はいざら)にもみ消して言った。

「先生、はっきり言ったらどうなんです？　いつだったか、手紙でもへんなことが書いて

ありました。いったい何が言いたいんですか？」

静代は深呼吸をしてから、

「じゃあ、はっきり言うわ。あなたが事件を起こした同じ日に、上野池之端で現金輸送車が襲撃されるという事件がありました」

北岡は脚を組んだ。静代をにらみつけている。

「輸送車を運転していた立花文彦さんは昔、坂本美奈江さんと婚約したことのある人だったんです。あなたは坂本さんの同級生だった。同じ日に起きた二つの事件に、坂本さんを知っている人間がふたりも関わりあっているなんて、偶然かしら」

静代は言葉を選びながら喋った。

「まさか、先生は現金輸送車を襲ったのがぼくだと言うんじゃないでしょうね？」

北岡が静代をにらみつけた。

「そうは思いたくないの。でも」

「疑っているんですね？」

「ごめんなさい。正直なところわからないの」

「兄貴の家に送ったぼくの荷物を調べたのも、そのためですか。先生がもう少ししっかり弁護してくれたら、執行猶予がついたかもしれないんです。半年も刑務所に入れられたあげく、こんどは現金輸送車襲撃犯ではないかという。あんまりじゃありませんか」

　北岡は顔を紅潮させた。

「ごめんなさい。ただ、私は……」

「言い訳はやめてください。これ以上、へんなことをしたら、ぼくにだって考えがありますからね。あなたにいい加減な弁護をされたおかげで実刑になったって言いふらしますよ」

　北岡の剣幕に、静代は何も言い返せなかった。北岡はいきなり立ち上がると、

「もう、ぼくには近づかないでください。いいですね」

と、席を蹴(け)るように出口に向かった。

　静代の胸に針で刺されたような痛みが走った。他人を疑うことは、決していい気持ちのものではない。しかし、静代にはどうしてもひっかかるのだ。仮にあとで、北岡が現金輸送車襲撃事件の真犯人だということがわかったとしても、弁護士として責任を負う筋合のものではない。

　だが、自分の弁護が別の犯罪に利用されたのだったら、北岡を許してはおけない、と静代は思うのだ。

3

アパートの近くの児童公園の桜は昨夜の大風に散って、土の上に花模様を作っていた。

伊津子は一度訪ねたことのある北岡純の兄の寿司(すし)店に電話をかけた。

「私、純さんの高校時代の同級生なんですが」

伊津子は名前をかたった。

「北岡純さんはもうもどられたのでしょうか？」

「ええ、十日ほど前に」

野太い声が答えた。兄の声に違いない。

「連絡をとりたいのですが、今どちらに？」

「ちょっと待ってください」

電話の向こうが静かになった。調べに行ったに違いない。しばらくして声がもどった。

「いいですか。目黒(めぐろ)区……」

伊津子は住所と電話番号をメモした。

受話器を置くと、伊津子は外出の支度をした。化粧を落とし、服装もできるだけ地味にした。眼鏡をかけると、自分でも他人になったようだ。

伊津子は目黒駅でおりて、メモの住所を探した。交番で訊ねて、やっと、北岡の住んでいるアパートを見つけることができた。

伊津子はアパートの鉄の階段を上り、北岡の部屋を探した。部屋は二階の奥にあった。様子を窺うと、部屋にひとの気配があった。北岡はいるようだった。

伊津子は階段をおりて、北岡の部屋の見える場所に立った。道路をはさんで小さな公園があった。近所の主婦が子供を遊ばせている。

一箇所にずっと立っていると、近所の人間に不審に思われるので、三十分ごとに場所を移動した。

その日の五時ごろ、男が北岡の部屋から出て来た。その男が北岡にまちがいない、と伊津子は思った。伊津子は北岡を尾行した。

北岡は目黒駅の券売機で切符を買った。いくら買ったのかわからなかったので、伊津子は二百円のボタンを押した。

北岡は山手線に乗り込んだ。あとをつけられていることなど、まったく想像していないようだった。電車は混んでいた。伊津子は北岡を見失わないように神経を配った。

新宿で乗客がほとんどおりた。北岡もその中に交じっていた。ホームはひとであふれている。伊津子はひとをかきわけたが、北岡の姿が見えなかった。

階段をおりる途中、右下のほうに北岡の姿を見つけた。

北岡は東口の改札を抜けると、地下道を伊勢丹のほうに向かって歩いた。伊津子は緊張した。北岡が誰かと待ち合わせしているのだと思ったからだ。

伊勢丹を過ぎた。都営新宿線への連絡口をさらに進んだ。このあたりから、通行量が減ってきた。しかし、北岡はまったく気にせずに歩いている。

やっと、地上への階段を上がった。伊津子はしばらく様子を窺い、北岡の姿が消えると、急いで階段をかけ上がった。

北岡は呑み屋が集まっている通りを歩いた。そして、一階に小料理屋が入っている雑居ビルの隣にあるスナックの扉を押した。

伊津子は時計を見た。まだ、六時前だ。

迷っていると、小料理屋から板前ふうの男が出てきてノレンをかけた。

「このスナックもうやっているのかしら」

伊津子はその男に声をかけた。

「いや、七時からだよ」

「でも、今、ひとり男性が入って行きましたけど」

「従業員じゃないの」

男はそう言いながら、再び、店に引っ込んだ。

北岡はこのスナックで働き出したのだろうか。伊津子は近くで時間をつぶした。七時前になって、再びスナックの前にもどってきた。

そのとき、扉が開いて北岡が出てきた。蝶ネクタイを締めている。伊津子はあわてて駐車している車の陰に身を隠した。北岡はこの店で働き出したようだ。それも何かのカモフラージュのためだろう、と伊津子は考えた。

4

翌日の夜、伊津子は、髪型を変え服装も思い切り派手にし、いかにも遊びなれた女のように装って、北岡が勤めているスナックに行った。伊津子が扉を開くと、静かな曲が流れていた。十人ほど座れるカウンターと奥にテーブルが一つだけあった。そのテーブルに男が三人いた。

「いらっしゃいませ」

和服姿のママが笑顔をふりまいて伊津子を迎えた。

「ひとりなの。いいかしら」

そう言って、伊津子はカウンターに腰をおろした。カウンターの中に北岡がいた。

「ビールをちょうだい」

伊津子は北岡に言った。北岡がうなずくのを見て、伊津子はバッグからたばこを取り出してくわえた。すぐに、北岡がライターの火を差し出した。北岡はライターを上着のポケットにしまってから、グラスを伊津子の前に置いた。そして、

「どうぞ」

と、ビール壜を持って声をかけた。伊津子はグラスをつかんで、目の高さに持っていった。小さなグラスに泡があふれると、伊津子は北岡からビールをとって、

「あなたも、どう？」

と、声をかけた。北岡はにやりと笑って、グラスを取り出した。

「じゃあ、いただきます」

北岡がグラスをかかげて言った。伊津子も乾杯の仕種をしてから、グラスを口に運んだ。苦い味だった。

「お客さん、この近所ですか？」

北岡がきいた。

「違うわ。ずっと遠く」

わざとけだるそうに、伊津子は言った。

「あのママ、あなたのこれ？」

伊津子は小指をたてて、北岡にきいた。

「違います。私はただの雇われ人ですよ」

伊津子はたばこをくゆらせながら、神経は耳に集中させていた。文彦にかかってきた男の声には特徴があった。少し鼻にかかった声だ。北岡の声と似ているようだ。

その日から、伊津子はその店に三日連続で通った。

「いつもおひとりですね？」

北岡がビールを出してからきいた。

「そう、主人に先立たれて、ひとりなの」

「ご主人が？　そうですか」

北岡はちょっと眉を寄せた。伊津子はグラスを口に運んだ。

「今度、ドライブでもしない？」

伊津子は小声で北岡を誘った。誘ったあとで、伊津子は胸が破裂するほどに動悸（どうき）が激しくなった。

「こんなおばさんとじゃいや？」

伊津子は緊張を隠して言った。

「とんでもない。光栄ですよ」

夫に死なれてからずっと男気なしで寂しい思いをしている女だと、信じているのだろう。北岡が片目をつむって見せた。

「あなたのお名前は？」

「北岡です」

「私は伊津子よ。あなた、車は？」

「持ってますよ」

「そう」

伊津子は微笑(ほほえ)んだ。

明日午前十時にと約束をして、スナックを引き揚げた。

翌日、新宿駅南口の甲州街道に面した場所で待っていると、白いスポーツカータイプの車を運転して北岡がやってきた。

伊津子が助手席に乗り込むと、北岡はすぐに車を発進させた。

関越(かんえつ)自動車道に入って、伊津子は北岡に声をかけた。

「どこまで行くの？」

「伊香保まで行ってみましょうか」

「伊香保？」

伊津子は胸が騒いだ。どうして伊香保なのだろう。伊香保といえば、上島の遺体が発見された場所だ。伊津子は北岡の心底を計りかねた。

「伊香保には行ったことがありますか？」

北岡はハンドルを握りながらきいた。

「ええ、一度だけ」

伊津子は答えた。北岡はそれ以上、何も言わなかった。何を考えているのだろうか。きょう、こうして出かけて来たのは、いかにも軽率だったのではないか、という思いが伊津子の頭からはなれない。

前方を走る車がどんどん目の前に迫り、車線変更してはそれを追い抜いて行く。北岡はかなりなスピードを出していた。風がうなっている。

「いい天気だわ」

窓から入り込む風を受けながら、伊津子は不安を気取られないように言った。横目で北岡の様子を見た。北岡の厳しい顔つきを見て、伊津子は緊張した。

渋川・伊香保インターで高速道路をおりた。

伊津子はいやにゆっくりした車の速度に、メーターを覗くとそれでも六十キロは出ていた。高速で走ってきたので、だいぶスピード感覚が鈍っているのだ。

「すみません。トイレに行ってきたいのですけど」

伊津子は声をかけた。北岡は車を渋川駅にまわした。

「じゃあ、ここで待っていますから」

駅前に車を停めた。伊津子はトイレを探すふりをして、電話を探した。北岡の視界から外れた場所にある公衆電話に駆け込んで、もといた会社の同僚だった佐野きく江の自宅に電話をした。しかし、彼女は外出していた。

伊津子は受話器を置いて、車にもどった。北岡がいなかった。伊津子はあわてて周囲を見回した。

車の横に立っていると、しばらくして、駅舎から北岡が出てきた。

「さあ、行きましょうか？」

北岡はそう言ってから、運転席に乗り込み、伊津子のために助手席の扉のロックを外した。

車が発進した。北岡は渋川駅の中から、伊津子の様子を窺っていたような気がする。さっき電話をかけたところも見ていたのではないか。

車は榛名山の裾を上っていく。土曜日のせいか渋滞していた。

ロープウェイの下にある駐車場に車をいれ、北岡と伊津子は外に出た。

急坂に旅館やみやげ物屋が並ぶ。伊香保神社に続く石段を丹前姿の宿泊客が歩いていた。湯の香がする。

「関所跡があるんですって」

伊津子は言った。伊香保御関所の名残をそのまま復元したものである。しかし、北岡は首を振った。

「万葉集の歌碑が立っている。そっちへ行ってみましょうか」

北岡は言って、さっさと石段を上がって行った。

伊津子は少したbらってから、北岡のあとに従った。伊津子は再び胸の動悸が早まった。

渓流が流れているところに出た。露天風呂の看板が出ている。その途中で、北岡は立ち止まって、崖下をながめた。

「あそこで、二カ月ほど前に死体が発見されたそうです」

北岡が言った。北岡は顔をしかめて横に立っていた。

「上島公一というひとだそうです」

伊津子は北岡の顔を見つめた。伊津子は北岡が何を考えているのか、わからなかった。伊津子の様子を探るつもりなのだろうか。それとも……。

「北岡さんは殺されたひとをご存じなのですか？」

伊津子は北岡にきいた。

「知りません」

北岡はたばこをくわえた。顔をしかめて火をつけた。

「あなたは、一度、伊香保温泉に来たことがあったそうですね。いつ来たんですか？」

「だいぶ前です」

伊津子は答えた。

「そうですか。ぼくは、あなたが来たのは二カ月ぐらい前のことかと思いました」

「どうしてそう思われたのですか？」

「特に根拠があるわけじゃありません。なんとなくですよ」

北岡はたばこをふかしながら何かを考えているようだった。

ふと、たばこを足元に捨てた。道路は灰皿ではありません、とよほど言おうとしたが、北岡の厳しい表情に、伊津子は声を吞んだ。

「もう少し奥に、吾妻渓谷というのがあるんです。そっちまで足を伸ばしてみましょう」

そう言って、北岡はさっさと引き返して行った。

「車で？」

追いついて、伊津子は声をかけた。

「一時間もかかりませんよ」

駐車場にもどって、再び、車で出発した。伊津子の不安はますます膨らんでいった。

車は伊香保温泉を離れ、吾妻渓谷に向かった。

「さっきの死体が発見された件ですが」

北岡が切り出した。

「まだ、犯人は挙がっていないようです」

「北岡さんは、どうしてその事件に興味をお持ちなの？」

伊津子はきいた。

「べつに興味があるわけじゃありません」

車は１４５号線を走った。並行して吾妻線が走り、吾妻川が流れている。

「さっき、渋川駅でどこに電話をしていたんですか？」

北岡がふいにきいた。

「えっ、電話？」

やはり、北岡は監視していたのだ。

「お友だちのところです」

北岡は何も言わなかった。

北岡は何を企んでいるのだろうかと、伊津子が思いをめぐらしていると、急に車のスピードがゆるんだ。

北岡は車を路肩に寄せて駐車させた。

「ここから歩きましょう」

北岡は車からおりた。伊津子はしかたなくシートベルトを外した。

外に出た。かなりな人出だった。

道路から渓谷に向かう石段をおりた。

鹿飛橋（しかとび）を渡ると、眼下に吾妻川の急流、両側には奇岩（きがん）がそそり立っている。

「こんなところから落ちたら助からないでしょうね？」

北岡が耳元で言った。

「でも、人目が多いからひとを殺すことは出来ませんわ」

伊津子は気を張って言った。北岡が含み笑いをした。

「でも、足をすべらせたのか、突き落とされたのか判断がつきますかねえ」

北岡が言った。まばらに観光客が歩いてくる。

「私、アパートの部屋に手紙を置いてきました。きょう、北岡さんとドライブに行くと書き残してきましたわ」

「それで？」

北岡は動じることなく伊津子の顔を見返した。

「だから、もし、私がここで死んだら、北岡さんがまっさきに疑られると思うわ」

「そんなことはありえませんよ。ぼくには動機がないですからね」

「あります」

北岡の顔が曇った。ちょうど、陽の明かりが樹木の陰に隠れたのだ。

「動機というと？」

「あなたは、私が何者だか知っていて私の誘いにのったのでしょう？」

「あんたが何を言っているのかわからない」

北岡は顔を背けて言った。

「じゃあ、もっと思い出させてあげようかしら」

伊津子は不安を抑えて言った。足ががたがた震えている。それを気取られないように、

わざと声を突っ張らせて、

「私の声に聞き覚えはない？」

北岡の眉がぴくりと動いた。

「私、あなたと電話で話したことがあるのよ。電話の声とだいぶ違うかしらねえ」

ハイカーが後ろを通って行った。

「立花文彦って、知っているでしょう？」

「知らないね」

北岡はとぼけた。顔を横に向け、たばこを吸っていた。

「立花は現金輸送車の運転をしていた男。立花に電話をかけて来たのがあなたよ」

北岡はまだ長いたばこを捨て、足で踏みつけた。

「あなたが私が何者か探るつもりで、ドライブの誘いにのったことはわかっているわ。場合によっては、私を殺すつもりだったのでしょう」

「君は何か誤解しているようだ」

北岡は眼下の急流に目を向けたまま言った。

「現金輸送車を襲撃したのは、あなたと上島さんです」

「さあ、もう少し向こうに行こう」

「そこで突き落とすつもりなの」

「何か勘違いしているんじゃないのか？」

「上島公一を殺したのは小糸会吉野組の連中よ」

歩きかけた北岡の足が止まった。伊津子はその背中に向けて言った。

「あなたが刑務所に入っている間、彼らはあなたと上島さんが盗んだ金を横取りしようとして、上島さんに接近したのよ」

北岡が振り返った。

「あなたも狙われるわ。お願いです。自首してください。そして、夫の汚名を晴らしてください」

やっと余裕をとりもどしたように、北岡は伊津子の傍に近付いた。

「あんたは誤解しているよ」

北岡はおかしそうに笑った。

「私を殺そうと考えてもだめよ。手紙を置いてきたと言ったでしょう」

伊津子は震える声で言った。

「なぜ、俺があんたを殺さなければならないんだ」

北岡がにやにや笑いながら言った。観光客がそばを通ったが、アベックの痴話喧嘩ととったようだった。

「吉野組の連中は、あなたが輸送車襲撃事件の犯人だと知っているわ。あの連中はきっとあなたから金を奪おうとするわ」

「………」

「ほんとうよ。上島さんの婚約者だったひとに近づいて、あなたと上島さんのことを調べていたのよ」

北岡の表情が変わった。何かを考えるような表情になった。

北岡はじっと川をながめていた。伊津子はその背中を見て、北岡が現金輸送車襲撃事件の真犯人に間違いないことを確信した。

5

四月の下旬になった。初夏の陽気で、少し歩きまわると汗ばむようだった。

「結城先生、お客さまです。北岡純さんのことで、ぜひ、お話を伺いたいそうです」

事務員が机の前までやってきて声をかけた。静代は民事の訴訟資料から顔を上げた。

「女の方？」

「いいえ、須恵孝造さんとおっしゃいました」

静代は首をひねった。心当たりのない名前だった。それより、受付から内線電話で来客を告げられるのに、事務員はわざわざ席までやってきた。そのことを訊ねようとしたとき、事務員が小声で言った。

「その方、事務所の前の廊下で三十分近くうろうろしていたんです」

「三十分も？」

「そうです。さっき、佐田先生のお使いで郵便局まで行ってきたんですけど、帰ってきてもまだ廊下にいました」

事務所に入るのをためらっていたようだ。

「じゃあ、お通しして」

静代はしばらくしてから資料を片づけて立ち上がった。

応接室にいくと、そこに大柄な男が座っていた。静代の二倍はありそうな体だった。

「突然、おじゃまして申し訳ありません」

須恵という男は立ち上がって深々と頭を下げた。

静代はテーブルをはさんで男と向かい合った。須恵は顔も大きく二重顎だった。ごつい顔をしているが、どこかおどおどしているようだった。三十半ばに見える。目がはれぼったいのは、あまり眠っていないせいだろうか。

「私は椿刑務所で刑務官をやっております須恵孝造と申します」

「椿刑務所？」

静代は相手の思いがけない職業に驚いたのと、椿刑務所が北岡純の服役していた場所だということから心臓が高鳴った。

「いったい、何があったのでしょうか？」

静代はきいた。しかし、須恵は小さな目を気弱そうに伏せた。

「どう話していいのか……」

須恵はぽつりと言った。静代は須恵が口を開くまで待つことにした。事務員がお茶を運んで出て行った。

「じつは、プライベートなことなんです」

軽くうなずいて、静代は相手の言葉を待った。

「二週間前、妻が家出を……」

須恵は苦しそうに顔を歪めた。家出の相談かしら、と静代は妙な気がした。それでも、いちおう相手の話を聞くことにした。

「私は妻を探しまわりました。恥も外聞も捨てて。でも、とうとう見つかりませんでした」

「心当たりはないんですか？」

「書置きが残っていました。ですから自分の意思で出て行ったんです」

「その手紙、今お持ちですか？」

「ええ、持っています」

須恵は背広の内ポケットから封筒を出した。失礼します、と言って静代は手紙を開いた。

〔許してください。あなたとはもう暮らせなくなりました　春美〕

「奥さんは春美さんとおっしゃるのね。これはご本人の筆跡に、間違いありませんか？」

「はい。間違いありません」

須恵はすっかり憔悴していた。大きな体を丸めている。

「それに、離婚届にも署名して、置いていったんです」

静代は手紙を封筒にしまってから、

「あなたはどうして私に？」

「妻の高校時代の友人を何人か訪ねたんですが、妻には昔つきあっていた男がいて、その男はつい先日まで椿刑務所に服役していたんです」

静代は眉を寄せた。

「その男の名前は？」

「北岡純という男です」

「北岡さん？」

「荷物を調べていたら、妻のアルバムの中に、北岡と写っている写真がありました」

「じゃあ、北岡さんとはずっと交際していたというのですか？」

「いいえ、それはないはずです。北岡が服役してくるまでは」

「でも、どうして奥さんは北岡さんが入所したことを知ったんでしょう？」

「北岡は模範囚でした。だから、去年の暮れの官舎の大掃除も手伝わせたのです。そのとき、妻と北岡は顔をあわせたらしい」

「じゃあ、北岡さんが出所してから奥さんを誘惑したと考えているのね？」

「そうじゃないかと考えたんですが、上司に相談したところ、北岡の弁護士さんに相談したほうがいいと言うので……」

須恵は沈んだ声で言った。

「わかりました。北岡さんには私のほうから確かめてみます。あっ、それから奥さんの旧姓は？」

「新庄です。新庄春美です」

須恵が帰ったあと、静代は机にもどってしばらく考えていた。北岡は須恵の細君といっしょに暮らしているのかもしれない。

北岡のアパートに電話をしようとしたが、静代は途中で手を止めた。もし、女といっしょだったら、女を隠してしまう可能性がある。

静代は直接に北岡のアパートに行ってみることにした。

目黒駅の改札を抜けて、目蒲線沿いに少し歩いた。小さな公園の前にアパートがあった。静代は階段を上がり、一番奥の部屋に北岡の表札を見つけた。呼鈴を押したが、なかなか出て来ない。もう一度押そうとしたとき、内側から物音が聞こえた。

ドアが開いて、北岡が顔を出した。

「あっ、先生！」

北岡はびっくりしたような顔をした。外出の恰好をしていた。

「しばらく。あら、お出かけ？」

静代はきいた。北岡は困惑したような表情を奥に引っ込めて、

「きょうはなんですか？」

と、不機嫌そうに言った。

「入れてもらっていいかしら」

静代は北岡の返事を聞く前に、なかに入っていた。

部屋の中はきれいに整頓（せいとん）されていたが、女性のいるような気配はない。

北岡がざぶとんを出した。静代が腰をおろすと、北岡は少し離れた場所で、直接畳の上にあぐらをかいた。

「今、スナックで働いているんですって？」

「そうです。将来、店を持つつもりですから」

その瞬間だけ、北岡は目を輝かせた。が、北岡はすぐに鈍い目つきになった。

「用件を言ってもらえませんか。そろそろ出かけなければならないんです」

「ごめんなさい。じつはねえ、須恵春美さんのことをききに来たの。旧姓は新庄春美さん」

北岡は眉を寄せた。それは確かな反応に近いものだと、静代は思った。

「知っているのね？」

静代は確かめた。北岡は顔を上げた。

「高校時代の同級生だった女性ですからね。知っていますよ。でも、何でそんな話を？」

「椿刑務所の須恵さんという刑務官が私を訪ねてきました。奥さんが蒸発したそうです」

「それがぼくと関係あるんですか？」

北岡はとぼけていた。静代は北岡の顔をじっと見つめて、確かめるようにきいた。

「あなたはほんとうに春美さんを知らないの？」

「知りませんよ。彼女が結婚したことも知りません。彼女は同窓会にも顔を出していませんからね。もう、五、六年は会っていないんじゃないですか？」

「あなたは去年の暮れ、刑務所の官舎の大掃除をしたそうね。そのとき、春美さんと顔を合わせたんじゃないの？」

「いいえ」

「ほんとうに知らないのね？」

「ぼくが知っているわけないでしょう」

北岡はむきになって否定していた。否定されれば、静代もそれ以上突っ込むことはできなかった。

「そう、ごめんなさい。へんなことをきいて。もし、春美さんと会うようなことがあったら、ご主人のもとに帰るように言ってね」

静代はそう言って、立ち上がった。

駅に向かいながら、静代は何となく釈然としなかった。

事務所に帰った静代は、佐田弁護士に相談した。佐田は小柄な体を椅子の背もたれに預けながら、静代の話を聞いた。

「うむ、しかし、彼がそんなことをする理由が思いつかないね」

聞き終わってから、佐田は感想を述べた。

「君の話だと、女のほうが彼に夢中なんだろう。しかし、彼のほうに果たして彼女を受け入れる気持ちがあったんだろうかねえ。これが男がくどいていたというならわかるが」

佐田はそうつけ加えた。

「もしかしたら、もっと前にふたりは再会していたのじゃないでしょうか。現金輸送車襲撃事件の犯人を北岡純と仮定した場合、盗んだ金の隠し場所がわからなかったのです。でも、須恵春美と犯行以前からつきあいがあったとしたら、恰好の隠し場所になったのではないか、と思うんです」

「現金輸送車を襲撃後、北岡と須恵春美はどこかで待ち合わせしたというのか。つまり、一億五千万円は官舎の春美の家にあったということになるね」

静代はその可能性は高いと思った。

「とりあえず、北岡の行動を探ってみる必要があるね。猿渡くんを使ったらいい」

猿渡というのは、佐田法律事務所で使っている調査員である。元警察官だけあって、その調査能力には定評があり、実直な調査員として、佐田弁護士が信頼している男だ。

静代は猿渡に連絡をとり、事務所に来てもらった。猿渡は五十年配の、風采は上がらないが目つきの鋭い男だった。

事件と北岡との関係について、猿渡にあらましを話し、

「北岡純の行動を探ってください」

と、静代は頼んだ。

その夜、刑務官の須恵孝造に電話をした。ところが、誰も出なかった。

翌日、もう一度、電話をしたが、やはり虚しくベルの音だけが鳴り響いていた。

静代は、刑務所のほうに電話をかけた。すると、須恵は休んでいるということだった。

「おそれいります。須恵さんの上司の方をお願いできませんか?」

しばらくして、看守部長の森脇という男が電話に出た。

「須恵孝造さんに連絡をとりたいのですが」

静代は頼んだ。

「彼は体調を壊して休んでいます」

「いつからですか？」

「一昨日からですよ」

「須恵さんは、今どちらに？」

「官舎の自分の部屋にいますよ」

「へんですねえ。電話をしても出ないんです」

「寝ているんじゃないですか？」

「須恵さんに何かあったのですか？」

静代は不安を感じてきいた。看守部長の声が詰まったような気がした。どうも、森脇は何かを隠しているようだ。

「これから、お伺いしてお目にかからせていただきたいと思いますが、ご都合はいかがでしょうか？」

静代は強引に頼んだ。

静代はすぐに椿刑務所に出かけた。森脇に会って、それから、須恵にも会うつもりだった。

バス停から片側に畑が続く小道を刑務所に向かった。樹木の繁った奥に、刑務所の時計台が見える。

本館の受付窓口に行って、森脇看守部長への面会を申し込んだ。

庁舎の応接室で、森脇と会った。森脇は細い体つきだが、筋肉質の体型で、腕が体に比べて異様に太かった。

「須恵さんに何かあったのでしょうか？」

静代は森脇に訊ねた。森脇は言い淀んでいたが、やっと決心したように口を開いた。

「受刑者の間で、ある噂が立ちましてね」

森脇はぽつりと言った。

「どんな？」

「須恵くんの奥さんが男と蒸発したという噂が広がって」

静代は目を丸くした。

「どうしてそんな噂が出たのですか。奥さんがいなくなったことを、どうして受刑者たちが知っていたんですか」

「噂の出所はわかりません。しかし、女房に逃げられた男、と受刑者が須恵くんをばかにしているようです」

「………」

「須恵くんはすっかり落ち込んでしまったというわけです。須恵くんは厳しくて誇りたかい看守だっただけに、こたえたのではないでしょうか」

　静代は森脇の説明に何かもどかしさを感じた。何かを隠しているようだ。

「須恵さんは、受刑者からばかにされても黙っていたんですか？」

　刑務官としての誇りを持っているような男が受刑者からばかにされて、そのますごすご引き下がるということは考えられなかった。

「須恵さん、何かしたんじゃないんですか」

　静代の声に、森脇は顔をしかめた。

「教えてください。絶対に口外はいたしません」

　静代は訴えるように頼んだ。

「須恵さんは受刑者の間から恐れられていたそうじゃないですか？　そんな須恵さんが、ただ黙っていたとは思えません。どうぞ、教えてください」

「じつは、彼、受刑者のひとりを殴って、全治一週間の怪我をさせたのです」

「殴った？　誰を殴ったのですか？」

　森脇はやっと重い口を開いた。

「暴力団の組長です。まあ、看守というのはヤクザには弱いんです。特に組長クラスの受刑者には、甘い。ところが、須恵くんは違いました。彼はヤクザには厳しい看守でしたね。だから、ヤクザのほうも須恵くんを恐れ、何かあったら仕返ししてやろうと狙っていたんでしょうな。そんなときに、奥さんに逃げられた噂を聞いて、意趣返しをしたのでしょう」

「それで殴ったのですか？」

「まあ、つい興奮してしまったのでしょう。しかし、暴力をふるったことは拙いが、須恵くんにだって同情できる余地は充分にあります」

森脇は須恵を庇った。

「ヤクザというのは、組長が入所すると、看守やその家族にまで接触して、入所中の組長に対して便宜をはかってもらおうとするのです。須恵くんはそういうことを一切受け付けなかった。だから、彼らからすれば、須恵くんは憎むべき看守なんですよ」

静代は須恵のごつい顔を思い出した。

「私は奥さんがいなくなったと聞いたとき、てっきり元受刑者の仕業ではないかと思いましたよ」

「元受刑者の仕業？」

「彼は受刑者からは、鬼の須恵孝というニックネームをもらっています。とくに、暴力団関係の受刑者にはにらまれています」

「どうしてですか？」

「須恵くんが彼らを徹底的にしごくからでしょう。組の親分が服役すると、看守に魔の手がのびるんです。組員が近づいてきて、女を抱かせたり、金を与えたりして、刑務所の中の親分に便宜をはからせるようにするのです。それで、身を滅ぼした看守もいました」

森脇はさらに続けた。

「彼は一切、そういった誘惑を受け付けなかった。だから、一度、彼の奥さんが危うい目に遭ったこともあるんです」

「どんな？」

「ある組の組長が刑務所を出たあと、組員が彼の奥さんに乱暴しようとしたんです。幸い怪我はなかったのですが、奥さんは精神的にショックを受けてずっと尾をひいていました。だから、その男がまた罪を犯して入所してきたとき、須恵くんはその組長を徹底的にしめつけました。何しろ、暴力団の横暴に負けてはならないので、その男をしごき、看守を誘惑するのは逆効果だということを身をもってあいつらに叩きこんでやろうとしたんです」

「でも、その組長が出所したら、また仕返しされることはないんですか？」

「でも、そんなことをすれば刑務所に逆戻りですからね。彼は刑務官やその家族に逆恨みして刑務所に入ってきた人間は徹底的にしごきますよ」

「その組長が噂をばらまいたのかしら」

「そうだと思います」

「組の名前は？」

「小糸会吉野組の吉野です。この男に、須恵くんは殴りかかったんです」

「須恵さんに、ぜひお会いしたいんです」

森脇看守部長の命令で、若い看守が官舎の須恵の部屋まで案内してくれた。

須恵は部屋の中にいた。不精ひげが伸び、大きな体がひとまわり小さくなったような気がする。

須恵は静代の顔を見てもあまり反応を示さなかった。

「今、北岡さんのことを調べているところです」

静代は無表情な須恵に言った。

「早く、妻をみつけてください」

目のまわりに隈を作った須恵が静代の顔を見つめた。

「去年の三月十四日の奥さんの行動がわかりませんか？」

静代は改めて質問した。

「去年の三月……どうしてですか？」

「その頃、奥さんは北岡さんと再会していたということはなかったのかしら」

「ないはずです。いえ、ありません。もし、何かあれば私にはわかります。それに、確か去年の三月十四日は……」

須恵は考えていたが、ふらふらと立ち上がって机の引出しを開いた。そして、去年の手帳を取り出した。

「妻は私と旅行に行きました。会津若松へ」

須恵は手帳から目をあげて言った。

「旅行？　間違いないんですか？」

須恵はうなずいた。

「あなたが、奥さんの様子がおかしいと気づいたのは、いつごろからですか？」

「今年になってからです」

静代は考え込んだ。すると、現金輸送車襲撃事件に関しては、須恵の妻春美と北岡との繋がりはないことになる。

「先生、妻の居所はわかるでしょうか？」

須恵は泣き出しそうな顔つきで言った。

「心配しないで。きっと、あなたの元に帰りますから」

静代は安心させるように言った。

「ところで、服役中の北岡純の様子はどうでしたか？」

「真面目(まじめ)で素直でした」

須恵は強持(こわも)てがするのだろう、と静代は想像した。暴力団に対し臆(おく)することなく接する姿勢は、刑務官として立派である。おそらく、刑務官として須恵は優秀なほうだろう。だが、それだけ、いつも神経を張り詰めているのではないか。それは家庭にも持ち込まれている。

静代は須恵の妻、春美の心境になって考えてみた。

夫はいつも神経をぴりぴりさせている。不必要な外出も禁じられている。いつ、暴力団の魔の手が伸びてくるかもしれないからだ。暴力団に襲われそうになってから、須恵は春美をあまり外に出さないようにしたのだろう。春美が須恵の家から逃げ出したくなったのも、何となくわかるような気がした。

そんなとき、かつて愛したことのある男を官舎の庭で見つけた。その瞬間から、春美は昔の恋心が蘇(よみがえ)った。そして、男は出所してから、春美に接触してきたのだ。

ここでわからないことがある。北岡の気持ちだ。北岡は春美に対して、それほどの思いいれはなかったのではないか。春美のほうが一方的に北岡に夢中だったのではないだろうか。

なぜ、北岡は春美を連れ出したのだろう。それはほんとうに愛情から出たことだったのだろうか。

静代は思考をめぐらしていた。静代の心の中で何かがひっかかった。まだ、ぼやけて姿を現していないが、もう少しで何かがつかめるような気がした。

「奥さんの居場所がわかったら、必ず連絡します。それまでおとなしく待っていてください」

静代はそう言い残して、椿刑務所の官舎をあとにした。

6

翌日、民事裁判の法廷での仕事を終えて、静代が東京地裁から新宿にある事務所に帰ってきたのは、もう夕方近かった。証人尋問に思わぬ時間がかかってしまったのである。

事務員のいれてくれたお茶を呑んで、静代はやっとひと息ついた。しばらく、ぼんやりとしていたが、静代はいつの間にか北岡純のことを考えていた。

去年の三月十四日に発生した現金輸送車襲撃事件の真犯人は北岡ではないかという疑惑は、ますます強くなっている。だが、静代にはわからないことが二つある。一つは、盗んだ金の隠し場所だ。椿刑務所の須恵孝造という刑務官の妻である春美が家出をし、その背後に北岡がいるらしいことから、春美が共犯で金を預かっているのではないか、と静代は考えた。ところが、北岡と春美が再会したのは、どうやら去年の暮れらしい。それに、事件の起きた去年の三月十四日、春美は夫の須恵孝造と旅行に出ている。春美は事件とは無関係だと考えざるを得ないのだ。

静代のもう一つの疑問は上島殺害である。現金輸送車襲撃事件は北岡と上島のふたりの仕業だというのが、静代の考えだ。ところが、上島は伊香保の山中から死体となって発見された。そのとき、北岡は刑務所に入っていたのである。北岡が上島を殺すことは不可能だ。

ただ、静代はきのう椿刑務所の森脇看守部長から聞いた、須恵孝造と小糸会吉野組の組長との確執について興味を持った。

ひょっとして、北岡は吉野組組長と同房だったのではないか、と静代は考えた。

静代はすぐに椿刑務所の森脇看守部長に電話をかけ、北岡と吉野組組長の関係を訊ねた。森脇の話を聞いて、静代は深くため息をついた。静代の想像したとおり、ふたりは同房で昼休みなど、よくこそこそ話しあっていたらしい。

受話器を置いたあと、静代の頭に事件のストーリーが生まれた。上島殺害と須恵春美の失踪は、須恵孝造と小糸会吉野組の組長との確執から起きたことだったのだ。

が、あくまでも、静代の推理に過ぎない。北岡に会って直接、対決してみようと静代は決意した。

翌日の午後、静代が北岡のアパートの近くの児童公園に行くと、調査員の猿渡が石のベンチに腰をおろして待っていた。猿渡は静代の姿を見て、すぐに立ち上がった。

「北岡はこの三日間、アパートに帰っていないようなんです」

猿渡が小さな顔を突き出して言った。

「ところが、さっき、女が訪ねてきました。北岡が留守だと知ってすごすごと引き揚げていきました」

「須恵春美さん？」

「だと思います。彼女はここから十五分ぐらい離れたマンションに住んでいます」

「そう、案内してください」

静代は猿渡の案内で、そのマンションに向かった。

狭いロビーの奥にエレベーターがあった。静代はエレベーターに乗り込んだ。猿渡が四階のボタンを押した。

四階の奥から二つ目の部屋の前で、猿渡は足を止めた。

「あとは私ひとりでだいじょうぶです」

静代は猿渡を帰してから、その部屋の呼鈴を押した。

しかし、室内から反応がない。留守のようだった。静代は一階のロビーにおりて、しばらく待つことにした。

三十分ほど経ったころ、玄関に女が入ってきた。サングラスをかけている。少しうつむきかげんでエレベーターに乗った。静代も続いた。彼女は少し妙な表情をした。

女は四階の春美の部屋の前に立って、キーを鍵穴に差し込んでいた。

静代は急いで女に近づいていった。足音に、女はびっくりしたように静代のほうを見た。

「須恵春美さんね」

静代が声をかけると、春美は急いで部屋の中に逃げ込もうとした。静代はあわてて閉まりかけたドアを手でおさえ、

「待って。私、弁護士の結城静代と申します。少し、お話がしたいんです」

と、いっきに言った。

「弁護士さんに用なんかありません」

春美はドアを閉めようと力をこめた。

「今はどなたともお会いしたくないんです」

「私は、須恵さんから頼まれてきたの。須恵さん、とても心配なさっていたわ」

返事がなかった。しばらく待ってから、春美がドアを開けた。

春美はやせた女だった。おそらく大勢のひとの中ではあまり目立たないことだろう。それでも、心の中では熱いものを燃やしている。そんな感じの女であった。

静代は室内に入った。必要最小限の家具や調度品しかない感じであった。

春美は奥の部屋に、静代を招じ入れた。窓際に応接セットがあった。

ふたりはテーブルをはさんで向かいあって座った。春美はやっとサングラスを外した。

春美の顔はくすんでいた。目のまわりには隈ができている。

「主人は元気でした？」

春美は憂いに満ちた顔できいた。その表情は妻の顔になっていた。

「とても力を落としていたわ。あまり食欲もないようだったわ」

静代の声に、春美は目を伏せた。

静代は室内に男の匂いがないことを不思議に思いながらきいた。

「北岡さんは？」

春美は顔を上げた。そして、何か言いかけた。

「北岡さんは毎日来るの？」

静代はもう一度きいた。

「いえ、三日前から来ないんです」

春美は不安そうな顔で言った。

「それまでは毎日来ていたのね？」

静代の問い掛けに、春美は軽く首をふった。

「北岡さんはほんとうに、あなたといっしょになるつもりなの？」

「わかりません」

春美は苦しそうに首を振った。

「あなたはご主人を捨てることができて？」

春美はうなだれた。ほつれた毛が口にかかっている。彼女は悩んでいるのだと、静代は思った。

「私、夫といっしょにいると、息苦しくなるんです。官舎の中に閉じ込められているような生活をしていると、自分がストレスのかたまりになっていくのが、よくわかるんです。

買物途中に、暴力団に襲われてから、夫は外にもあまり出さないようにして」

「それも、あなたが大事だと思っているからでしょう？」

「あのひとのやさしさはよくわかります。だから、我慢してきたんです。でも、去年の暮れ、官舎の大掃除のとき、囚人の中に北岡さんを見つけて……」

「あなたは北岡さんが好きだったのね？」

「私の初恋のひと。結婚したいと思っていたんです。でも、あのひとには他に好きな女性がいましたからあきらめたんです」

「北岡さんの好きなひとって誰？」

「同じクラスにいた坂本美奈江さんです」

「心中した女性ね？」

「そうです。私は北岡さんの心が美奈江さんにあると知って、父親の転勤もあったので千葉に引っ越しました。それから二年ほどして須恵との見合い話が出てきたのです。私が結婚してから、美奈江さんが心中したことを知りました」

やはり、北岡の好きだった女は坂本美奈江だったのだと静代は思った。春美の話を聞きながら、頭の中がだいぶ整理されてきていることを知った。

「出所してから、北岡さんはあなたを訪ねてきたのね？」

「今月の初めでしたわ。私が洗濯物を乾しているとき、官舎の脇を流れる川の傍に、北岡さんが立っていたんです」

すぐに北岡の腕の中に飛びこんで行った春美の姿が想像出来た。そのとき、北岡は春美に甘い言葉をささやいたに違いない。

「北岡さんは、私をずっと探していたんだ、と言ってくれました。坂本美奈江さんが死んでから君のことばかり思い続けてきたと……」

北岡は嘘をついていると思った。北岡の口から、春美の名前が出たことはない。

北岡は何のために春美を誘惑したのか。その回答は須恵孝造の話の中に出ている。

「北岡さんが俺のところに来いと言ってくれました。だから、思い切って官舎を出たんです」

「それで今、あなたはしあわせ？」

静代は口をはさんだ。春美は目に涙をためていた。

「夫は家のことは何もできないひとなんです。朝だって、私が起こしてやらなければ」

春美はずっと残してきた夫のことを気にかけていたのにちがいない、と静代は思った。

「北岡さんは、もうここにもどってこないんじゃないの？」

静代の質問に答えず、春美はテーブルにふして嗚咽をもらした。静代は痛ましげに、肩を上下させている春美を見た。

北岡は愛情から春美に接触したわけではない。やはり、北岡の目的は別にあったのだ。

春美がやっと落ち着いた。ゆっくり顔を上げた春美に、静代は声をかけた。

「お帰りなさい」

「えっ」

春美はびっくりしたように顔を上げた。

「今なら、まだ間に合うわ。ご主人のもとに帰りなさい」

「でも……」

「あなたをしあわせにしてくれるのは、須恵さんしかいないわ」

春美は遠くを見るような目をして座っている。

7

静代は北岡のアパートに行ってみた。しかし、北岡は留守だった。隣の部屋の住人に訊ねたが、最近姿を見ていないという。それを裏づけるように新聞受けから新聞がはみ出していた。

その夜、北岡が働いている新宿のスナックに行ってみたが、やはり無断で休んでいるということだった。

(北岡が失踪した!)

不吉な予感がした。静代は兄の昌彦に電話をして確かめたが、アパートにいるものとばかり思っていたようだ。

次の日、静代は昌彦に立ち会ってもらい、北岡純の部屋に入った。室内には荒らされたあとがあった。

「先生、純はいったいどうしたんでしょう?」

静代は訊ねた。昌彦は首を振ったが、ふと思い出したように言った。

昌彦が不安そうな声できいた。

「何か心当たりはありませんか?」

「いつだったか、女のひとから電話がありました。純に会いたいと言っていましたが、確か、以前に純のことでやってきた女性の声のようでしたが」

静代はいつか事務所に自分を訪れた女性を思い出した。いったん、事務所にもどると、静代は名刺入れから彼女の名刺を探した。

藤山伊津子という。現金輸送車襲撃事件で、輸送車を運転していた立花文彦の細君だ。

その夜、静代は板橋にある彼女のアパートに向かった。途中、化粧品店でアパートの場所をきいた。

立花という表札のある部屋のベルを鳴らした。すぐに、ドアが開いた。明るいスーツ姿の女が顔を出した。ちょうど外出先から帰ってきたばかりのようだった。

「藤山伊津子さんね。私、弁護士の結城静代です」

伊津子はけげんそうな顔をして静代を見ていたが、やっと思い出したように、アッと小さな声を出した。

「お部屋に入れてもらっていいかしら」

伊津子はどうぞ、と言った。

棚(たな)に写真が飾ってあった。伊津子と男性が並んで写っている。背景は海だった。

「ご主人?」

静代はきいた。

「ええ、新婚旅行の時の写真です」

伊津子はセーターに着替えてきて言った。

「どんなご用でしょうか?」

向かいあって座ってから、伊津子がきいた。

「あなたは北岡さんのことを調べていたでしょう？」

「ええ……」

伊津子は戸惑ったようにうなずいたが、すぐに顔を上げた。

「でも、今はもう何とも思っていないんです。今週から新しいコンピュータソフトの会社に勤め出したんです」

伊津子は笑みを浮かべて言った。

「でも、あなたは北岡純さんのお兄さんに電話をして、彼の住んでいる場所をきいたんでしょう？」

伊津子は顔をうつむけた。

「北岡さんの行方をご存じじゃない？」

「北岡さんの？」

伊津子が顔色を変えた。

「北岡さんがどうかしたんですか？」

「行方不明なんです。アパートの部屋の中は荒らされていたわ」

伊津子は両手で自分の体を抱き締めるようにした。顔が真っ青だった。

「何か知っているのね。教えて」

「北岡さんが危いわ」

伊津子が静代の腕をつかんで言った。

「あなた、北岡さんから何か？」

静代がきくと、伊津子はだまってうなずいた。


静代は猿渡といっしょに大森駅の改札を抜けた。飲食店が並ぶ辺りを歩いた。路地をいくつか曲がってしばらく行ったところで、

「あそこが吉野組の事務所です」

と、猿渡が指差した。吉野組の看板以外に、芸能プロダクションの看板もかかっている。

静代は、伊津子から話を聞いて、すっかり事情を呑み込んだ。北岡失踪に吉野組が深く関わっているにちがいないと、静代は思った。それで、様子を探るために乗り込んでみることにしたのだ。

旅館の玄関のようなガラス戸が閉まっていた。その前に静代は立った。そして、深呼吸してから思い切ってガラス戸を開けた。

机が四つ並んでおり、目つきの悪い男が三、四人、いっせいに静代のほうを見た。静代

は足がすくむような感じであった。

年長の男が静代の体を無遠慮にながめながら近づいてきた。

「何か用ですか？」

顔がにやついている。

「私は弁護士の結城と申します」

と、静代は名刺を出して言った。脇から坊主頭の男が名刺をとった。

「北岡純さんを探しているんです」

全員のいやらしい視線を感じながら、静代はきいた。

「北岡？　誰ですか？」

男が少し顎を引いてきいた。

「吉野組長の椿刑務所時代の仲間ですわ」

「何だと！　へんなことを言わないでくださいよ」

男は真黒なシャツを着て、体格がいい。静代はあとずさりした。

「上島公一という男は？」

静代はきいた。その瞬間、男たちの間から殺気だったような空気が生じた。

「上島って誰だ？」

「殺されて、伊香保温泉の近くに埋められた男です」

「妙ないいがかりをつけると、弁護士さんだからって容赦しませんよ」

男は威嚇(いかく)した。

「わかったわ。もし、北岡さんに会うようなことがあったら、私が探していたと伝えてください」

静代はそう言って、急いで事務所を飛び出した。途中で振り返ると、パンチパーマの男が外に出て、静代の方を見ていた。

改めて恐怖心が蘇ってきた。手にびっしょり汗をかいていた。だが、静代は確かな手応えを感じていた。路地を曲がったところで、猿渡が待っていた。

「まちがいないわ。北岡純はあの連中に監禁されているわ」

静代は猿渡に言った。

8

静代は事務所で猿渡からの連絡をいらいらしながら待った。早く北岡を助けなければと、静代は気ばかりあせった。

やっと猿渡から連絡があったのは、吉野組に乗り込んでから三日目の夜だった。静代は、すぐに猿渡の教えてくれた場所に出かけた。

夜空に厚い雲が流れてきて月を隠した。暗い隅田川の川面に波がうねっている。

隅田川沿いの道に建っているマンションの五階の一部屋に明かりがあった。

「あの部屋に、北岡純は監禁されているようです」

猿渡が、静代に教えた。

「誰の部屋？」

「吉野組長の隠れ家です。愛人の部屋ですよ」

「ここで待っていてください」

「ひとりで行くつもりですか？」

「だいじょうぶ。北岡さんがいたら窓から手を振ります。そしたら、警察に連絡してください」

静代は調査員に言って、マンションに向かった。ロビーは静かであった。静代はエレベーターで五階に行った。

静代は緊張した。五階についた。

廊下を歩く靴音が高く響いた。吉野組長の部屋の前に立った。呼鈴を押す。

扉が開いた。

そこに、事務所で見掛けた若い男が驚愕したような目で静代を見た。

「あんたは」

「入れてもらっていいかしら」

静代は強引に室内に入って行った。目つきの悪い男と坊主頭の男がいた。全部で三人である。部屋の中には食べ物やウイスキーの壜が転がっていた。

静代は組員の制止を振り切って、隣の部屋に入って行った。そこに、北岡が倒れていた。組員がにやにやしながら近づいてきた。

「盗んだ金のありかを北岡さんからきき出そうとしているのね？」

静代はそう言って、男の横をすりぬけ、窓際に行った。

静代はゆっくり窓辺に行った。暗い隅田川が見える。倉庫の陰に隠れるように、猿渡の姿が見えた。静代は組員にわからないように手で合図をした。

静代が振り返ると、坊主頭の男が傍に来ていた。

「どうしてここに来たんだ？」

「北岡さんを連れに来たのよ」

静代は言った。

「上島公一を殺したあなた方は、なぜ、北岡さんが上島公一を殺す必要があったのか探るために、上島公一の恋人だった秀子さんに近づいた。そして、上島公一が現金輸送車襲撃事件に関わっていることを知って、金を横取りしようとしたのでしょう」

静代は、伊津子から聞いた話に、自分の推理を交じえて言った。

「こんなところに来て帰れると思っているのか」

男が静代の胸から腰にいやらしい視線を送った。

しばらくして、サイレンが聞こえた。

北岡は重傷だった。二日後にやっと小康状態を得た。三十分だけ面会が許された。静代と警視庁の警部が病室に入った。

「春美さんは？」

北岡がうつろな目で言った。静代は警察の人間に病室から出てもらってから、ベッドの傍に寄った。

「春美さんはご主人のところに帰ったわ」

静代が言うと、北岡は微かにうなずいた。

「現金輸送車を襲撃したのは、あなたでしょ？」

「俺は……」

「あなたが世田谷の岡田三郎さんの家に侵入したのは、三月十四日の午後じゃなくて、午前中だわ。岡田夫人が買い物にでも出かけたすきを狙ったのでしょう。ただし、そこでは何も盗まず、ただ証拠となる指紋を残しただけ。そして、午後二時過ぎに、上島公一が岡田さんの家に忍び込み、現金と預金通帳を盗んだ」

北岡の荒い息が静代の耳に届いた。静代は構わず続けた。

「あなたは現金輸送車を襲撃して、上野寛永寺まで輸送車を運転し、そこでオートバイに乗り換えて、どこかに金を隠した。そして、あなたは蒲田まで行って上島と会い、岡田さん方から盗んだ現金と預金通帳を受け取った。そうね？」

北岡は苦しそうに顔を歪めた。

「あなたは窃盗事件でわざと捕まった。現金輸送車襲撃事件の捜査圏外に置かれる計算をたてたのね。ただ、あなたには計算違いがあった。あなたは執行猶予がつくと思っていたんですものね。でも、これは私の力不足のせいもあるけど」

静代は少し声を弱めた。

「新宿のパブをやめたのも、盗みの疑いをかけられたためということになっているけど、あれも計算でしょ。自分で売上金を盗んでおき、わざとお金を事務所に落としておいたというわけ。盗みの疑いに憤慨してパブを辞めたことにしたかったからでしょう。義姉の病気のためにサラ金から金を借りたのも、皆あなたの作戦だったと思うわ」

北岡は荒い息遣いだった。

「さらに、あなたの計算違いは、立花文彦があなたと上島公一の関係に気づいたことね。あなたは立花を襲撃事件の目眩ましに利用したけど、逆に、立花に犯行を気づかれてしまったんだわ。それで、立花は上島を追及した。その結果、上島は立花を殺してしまった」

静代は続けた。

「立花が殺されたことを刑務所の中で知って、あなたは上島の犯行だととっさに思った。上島が警察につかまったら、すべてが明るみに出てしまう。あなたは焦った。でも、あなたは吉野組の組長と同房だった。あなたは、吉野組長に取引をもちかけたんでしょう。それで、組長の命令で組員が動いた」

北岡が顔を向けた。何か言いたそうだった。

「どこか違うところがある？　あったら教えてちょうだい」

静代は言った。北岡は微かに唇を動かした。

「上島を殺すつもりはなかった」

北岡が苦しそうに顔を歪めた。

「吉野組長は須恵という看守を相当恨んでいたんだ。ぼくは去年の暮れの大掃除に駆り出されたとき、官舎の窓から須恵の奥さんとばったり顔を合わせた。新庄春美だった。その話を組長にしたとき、組長から、あの奥さんを誘惑してくれと頼まれた」

北岡は弱々しい声を出した。

「看守の須恵はいつも奥さんの写真をポケットに持っていて、異常なほどの愛妻家だと言った。あんたが奥さんを誘惑すれば、あいつはきっと気が狂う。あいつの苦しむ姿を見れば、俺の気がすむ。組長はこう頼んできたんだ。もし、頼みを聞いてくれたら、どんなことでもする。若いもんに殺人だってやらせてもいいと……。あんたの組員に誘惑させたらいいだろうと言うと、無理だということだった。へたに強引な真似をすれば、すぐに吉野組の仕業だとわかってしまうと言うんだ」

「それで、あなたは上島公一を殺すことを頼んだのね」

「まさか、本気でやるとは思わなかった。上島が死んだあと、吉野から春美さんを誘惑しなければ、仕返しをすると言われたんです。だから、誘惑しなければ、俺だけじゃない、兄貴たちにも危険が及ぶ。だから、しかたなかった」

北岡は唇をかんだ。

「立花文彦だって、あなたが殺したようなものだわ。そうでしょう」

「彼には坂本美奈江を殺した罰を与えたかっただけです」

　北岡が憎しみのこもった声で言った。

「美奈江さんは心中したんでしょう。警察の調べでもそうなっているわ」

「嘘だ。死ぬ一週間前に彼女と会った。そのとき、立花文彦にすべて知られたと言っていたんだ。あの男は、自分の兄と婚約者が不倫関係にあることを知っていたんだ。それを、知らなかったと弁明している。あいつが心中に見せ掛けて殺したんだ」

「違うわ。立花文彦は藤山伊津子さんと結婚したのよ。伊津子さんは美奈江さんと面影（おもかげ）が似ていた。自分が殺した相手に似ている女と結婚するわけないでしょう」

「美奈江が忘れられなかったからだ。罪の意識から結婚したんだ」

「違うわ。立花さんは、美奈江さんの告白を聞いて、それでもいっしょになろうとしたんだわ。だけど、立花さんの兄というひとが美奈江さんと別れられなくて、無理心中を図ったのよ」

　静代は訴えた。

「俺は美奈江が好きだったんだ。妻子ある男との不倫は女のほうが傷ついて終わる。そのときには、俺が美奈江の力になろうと待っていたんだ」

　北岡は悲しそうな表情で言った。看護師が近づいてきて、面会の中止を告げた。

静代は最後にきいた。

「現金はどこに隠したの？」

「言えない」

北岡は現金の隠し場所だけは言おうとしなかった。静代はあきらめた。

部屋を出ようとしたとき、北岡が呼んだ。静代が振り返ると、

「先生、春美さんには指一本触れていない。須恵さんに、そう伝えてください。それから、春美さんにしあわせになるようにと」

廊下に出ると、警部が待っていた。

北岡が息をひきとったのは翌朝の未明だった。

北岡の死は、静代にはショックなことだった。

数日後、静代は伊津子のアパートを訪れた。

「あら、結城先生」

伊津子はさっぱりした表情だった。

「元気そうね」

「ええ、やっと気持ちの整理がつきました。北岡さんを助けられなかったのは残念でした

が」

伊津子はしんみりと言い、

「北岡さんは、立花を恨んでいたんですね」

と、きいた。

「立花さんが自分の兄と美奈江さんを心中に見せかけて殺したと思い込んでいたようね。現金輸送車の襲撃のとき、立花さんの名前を呼んだのも、立花さんに疑いを向けさせようとしたんだわ」

「………」

「史子さんという人が警察に自首してきたそうよ」

静代は、昼間、警視庁の警部から聞いた話を、伊津子にした。

「立花のお兄さんの奥さんですね？」

「そう」

史子の自供によると、北岡は、盗んだ金を史子のアパートに運んだということだった。

「あの心中事件の一番の被害者は、夫に裏切られた史子さんだと、北岡さんは言っていました。史子さんは、保険の外交をしながらお子さんを育てているのです。北岡さんは、史子さんに盗んだ金を渡そうとしたんです。史子さんから、一億五千万円そっくりもどったそうよ。史子さんは一銭も手をつけていなかったから、大した罪にはならないわ」

ふと、伊津子が思い出したようにきいた。

「先生、枝沼弁護士さんのプロポーズを断ったってほんとうなんですか？」

「誰から聞いたの？」

静代は驚いてきき返した。

「枝沼先生から」

そういえば、枝沼は立花文彦の弁護人だったなと、静代は思い出した。それにしても、枝沼がそんなことを依頼人に話すとは思わなかった。

「どうして再婚されないんです？」

「あなたは再婚するかしら」

「私はひとりで生きていきます」

伊津子は棚の写真に目をやって言った。伊津子の夫が白い歯を見せてしあわせそうな表情で写っている。

伊津子に見送られて、静代はアパートを辞去した。夜空に丸い月が出ていた。宏治も広島でこの月を見ているかもしれない。

国分寺の猫二匹が待っている借家にもどると、急に、静代にむなしさが襲ってきた。北岡を救ってやれなかったことが、ずっと心に残っているのだ。

静代が現金輸送車襲撃事件に関わったのは、弁護士としての職業上の任務からではない。自分の弁護が北岡に利用されたのではないか、という個人的な怒りが静代を事件に向かわせたのだ。しいていえば、弁護士の尊厳を守り、さらに人間としての誇りを守るためだったのである。

だが、北岡の死という不幸な結果を迎え、静代は自分の非力さを感じないわけにはいかなかった。

無性に宏治の声を聞きたくなって、静代は広島の官舎に電話をした。宏治はすぐ出た。

宏治の声を聞いて、静代は涙ぐんだ。

「どうしたんだ？」

宏治が驚いてきき返した。

「少し、落ち込んでいるの」

静代は宏治に甘えるように言った。そして、今の悩みを訴えた。

「君も、そうやって悩んで一人前の弁護士になっていくんだ。犯罪を犯す者の内面には深い悲しみが秘められていることを知っただけでも、貴重な体験だったじゃないか」

宏治の言葉が静代の胸に響いた。そんなひとたちを救ってやるのが、自分の役目なのだと、静代は思った。

「まだ、人生は先が長い。弁護士として、これからが君の活躍するときだ。ぼくも応援する」

宏治の言葉に、静代は勇気が湧（わ）いてきた。静代は電話口に向かって、ありがとう、と言った。喉（のど）に詰まってうまく出なかったが、宏治にはちゃんと伝わったようだった。

「私、今度、そっちに行っていいかしら」

静代は大きな声で叫んでいた。

解説――疑惑を追いかけたあとの二人の女性に注目

文芸評論家　大矢博子（おおやひろこ）

一九八八年に新潮文庫より刊行された『疑惑』が『容疑者圏外』と改題され、装いも新たに読者のもとへ届けられることになった。

小杉健治（こすぎけんじ）は一九八三年に「原島弁護士の処置」（単行本化に際し『原島弁護士の愛と悲しみ』と改題）で第二十一回オール讀物推理小説新人賞を受賞してデビュー。法廷物を得意とし、ハイペースでヒット作を生み出した。一九八七年刊行の『絆（きずな）』（集英社文庫）で日本推理作家協会賞を、一九八九年刊行の『土俵を走る殺意』（光文社文庫）で吉川英治文学新人賞を受賞、ドラマ化作品は数知れずという、作家生活四十年の節目も間近なベテランである。

二〇〇〇年代に入ってからは時代小説も多数手がけるようになり、多くの人気シリーズを生み出している。その一方で現代小説もコンスタントに発表しており、その精力的な活躍には驚かされるばかりだ。

本書はそんな小杉健治の初期作品である。日本推理作家協会賞を受賞した年の刊行ということで、若き小杉健治が上り坂を駆け上がっていた時期の作品だ。電子書籍化もされておらず、入手しにくい状態が続いていた過去の作品が、こうして新たに文庫で読めるようになったのは実に喜ばしい。

物語はふたりの女性を中心に進んでいく。

ひとりは、二十八歳で新婚一ヶ月の立花伊津子。夫は警備保障会社勤務、伊津子自身はプログラマーのアルバイトをしている。ある日、夫が運転する現金輸送車が襲撃された。幸いかすり傷で済んだが、輸送車のルートを知る者が限られていたことと犯人が立花の名前を呼んだという証言から、夫は警察から疑われる身に。仕事も辞めざるを得なかった夫は、事件から八ヶ月経ったある日、「はめられた」「真犯人がわかった」と言って家を出た。そして三日後、心配する伊津子のもとに夫が死体で発見されたという報が入る――。

もうひとりは、三十三歳の弁護士、結城静代。三年前に夫と離婚し、現在は先輩弁護士の事務所に勤めている。離婚の原因は流産により子どもを産めない体になったことと、検事である夫の転勤について行くか弁護士の道に進むかの二択で後者を選んだためだ。その選択に後悔はないが、実はいまだに元夫のことが忘れられない。そんな静代のもとに、現金輸送車襲撃事件と同じ日に起きた、空き巣事件の国選弁護人の依頼が舞い込んだ——。

このふたつの筋が並行して語られるのだが、ここまでならまったく別の話である。だが、もちろん別のままのはずがない。ふたつの事件は後に思わぬ形で交わることになる。その交わり方がポイントで、「そんな関係が？」という驚きが本書の大きな読みどころだ。法廷ミステリの旗手（きしゅ）としてそのキャリアをスタートさせた小杉健治は、デビュー当初より、裁判の過程で出てくる「意外な手がかり」の「意外なつながり」で読者を驚かせるのが得意だった。一見無関係のように見えるエピソードが思わぬ形で「証拠」になる。その手際（てぎわ）が小杉リーガルサスペンスの醍醐味（だいごみ）だ。

そういう意味では、本書は裁判の場面はごくわずかだ。むしろ夫の過去を追う伊津子と、裁判の結果に疑問を抱いて調べ直す静代の描写がメインである。だが、彼女らがそれぞれ関係者に会って話を聞く場面は、裁判の証人尋問（じんもん）さながらのインタビュー小説の趣（おもむき）があるし、むしろ公判での検事・弁護士のように特定のゴールに向かって尋問内容を戦略的に構成するのではなく、「真実が知りたい」というピュアな気持ちで質問する分、実に幅広い情報が集まるのが面白い。それぞれの証言者から提示された、一見どう関係するのかわからない数々のエピソードが次第に一本の線で結ばれる様子は、法廷ものの興奮に勝（まさ）るとも劣らない。

特に、伊津子と静代の二本の線に接点が生まれた瞬間は、思わず読者も身を乗り出すだろう。だがこの時点で伊津子と静代に面識はないし、ふたりが追っているのはそれぞれ別の事件なので、それを接点だと知るのは読者だけなのである。しかもその接点はパズルの一ピースに過ぎず、それでどう二本の線が結びつくのかは読者にもわからない。そのあと、こう考えれば線がつながるという仮説が出てくる。それはとても説得力のある仮説なのだが、それでもまだ物語はようやく六割といったところなので、さらにそこから二転三転するわけだ。なんともじりじりさせてくれる。その分、二本がきれいに一本になった時にはえも言われぬカタルシスが待っている。なんという構成の巧さだろう。もうすっかり著者の掌の上である。

そういったミステリの魅力とは別に、もうひとつ、本書で注目すべき点がある。それは、本書が男女の形を描いた物語である、ということだ。

夫を亡くした伊津子は、自分の知らない夫の過去を追う。その過程で浮かび上がる、さまざまな男女の形。不倫の果ての心中、久しぶりの再会で再燃する思い。死別後すぐに他の男に乗り換える女もいれば、女手ひとつで子どもを育てる寡婦もいる。別れた夫をいつまでも引きずる静代のような女性もいる。ひとつとして同じ形のカップルはいない。そして、物語の真相にかかわるので詳しくは書けないが、事件の鍵を握るものまた、とある男女の関係なのである。

本書の改題前のタイトルは『疑惑』だが、これは単に事件にまつわる疑惑だけを指しているのではない。別れた夫に恋人ができたかもしれないという静代の疑惑、死んだ夫には他に愛した女性がいるのではないかという伊津子の疑惑、妻が別の男のもとに走ったのではないかという疑惑、自分は夫を裏切っているのではないかという疑惑、ひいては自分のしたことが間違っていたのではないかという疑惑……そういったさまざまな疑惑を乗り越えた先に、真相が待っている。すべてが解決したあとの、伊津子と静代をご覧いただきたい。本書は事件の謎を解くのみならず、伊津子が、静代が、「夫の妻である私」から「自分で選んだ私」へ脱皮するまでの物語だと言っていい。

実はこの脱皮は、そう簡単なことではないのである。今の時代に本書を読むと、夫を亡くした伊津子や夫と別れた静代が、男性から言い寄られたり性的な目で見られたりという場面が頻繁にあることに驚く若い読者も多いだろう。自分が受け入れられないとわかると途端に不機嫌になり、高圧的な態度に出る男がいる。無遠慮に体を触ってくる男がいる。当時はまだ一般的な言葉ではなかったが、明確なモラハラ、セクハラ、性加害だ。ところが静代は、不機嫌になった男に対し、自分の断り方がいけなかったと申し訳なく感じるのである。ＤＶ被害者の典型的な思考ではないか、と今ならすぐわかるところだ。

本書が刊行された一九八八年当時は少しずつ女性の権利を見直す動きが進み、二年前には男女雇用機会均等法も施行された。しかし実態はまだまだ女性は男性を補佐する立場であり、男性に従うべきものという通念が強かったのだ。それが本書に登場する一部の男性たちの行動によく表れている。旧作を読み直すとその時代が見えてくるという好例であろう。

そんな社会の中で、さまざまな男女との出会いを通して、「夫」という存在との関わり方をふたりの女性が見つめ直すのが、この『容疑者圏外』という物語なのである。ミステリとしての面白さはもちろんだが、本書に登場する何組もの男女のあり方に注目して読むと、物語は何倍にも深まるはずだ。

近年の小杉健治の小説は、現代ミステリ・時代小説を問わず、家族をモチーフにすることが増えた。特に、現代小説ならドラマ化もされた『父と子の旅路』や『決断』（ともに双葉文庫）、『父からの手紙』（光文社文庫）、時代小説なら「親子十手捕物帳」シリーズ（ハルキ文庫）など、父と子の関係を描いたものが目立つ。

もちろん初期にも、家族を描いた作品はあった。その代表格が日本推理作家協会賞受賞作の『絆』だが、同時にこの時期には、男女の関係を中心に据えて描いた小説が多い。畢竟、小杉健治とは「人と人の関係」を見つめ続けている作家と言えるだろう。

主役のひとりを務める結城静代弁護士は、一九八七年刊行の短編集『偽証』(中央公論社)に収録された短編二編に登場しているが、これも収録作すべて男女の関係が鍵を握る。こちらも本書に先んじて二〇二〇年に祥伝社文庫から改版が刊行されたので、ぜひ併せてお読みいただきたい。

（本書は、『疑惑』と題し、一九八八年六月に新潮文庫から刊行された作品に、著者が加筆修正したものです）

容疑者圏外

一〇〇字書評

切り取り線

購買動機（新聞、雑誌名を記入するか、あるいは○をつけてください）	
□（　　　　　　　　）の広告を見て	
□（　　　　　　　　）の書評を見て	
□ 知人のすすめで	□ タイトルに惹かれて
□ カバーが良かったから	□ 内容が面白そうだから
□ 好きな作家だから	□ 好きな分野の本だから

・最近、最も感銘を受けた作品名をお書き下さい

・あなたのお好きな作家名をお書き下さい

・その他、ご要望がありましたらお書き下さい

住所	〒				
氏名		職業		年齢	
Eメール	※携帯には配信できません		新刊情報等のメール配信を 希望する・しない		

この本の感想を、編集部までお寄せいただけたらありがたく存じます。今後の企画の参考にさせていただきます。Eメールでも結構です。

いただいた「一〇〇字書評」は、新聞・雑誌等に紹介させていただくことがあります。その場合はお礼として特製図書カードを差し上げます。

前ページの原稿用紙に書評をお書きの上、切り取り、左記までお送り下さい。宛先の住所は不要です。

なお、ご記入いただいたお名前、ご住所等は、書評紹介の事前了解、謝礼のお届けのためだけに利用し、そのほかの目的のために利用することはありません。

〒一〇一―八七〇一
祥伝社文庫編集長　坂口芳和
電話　〇三（三二六五）二〇八〇

祥伝社ホームページの「ブックレビュー」からも、書き込めます。

www.shodensha.co.jp/bookreview

祥伝社文庫

容疑者圏外

令和 3 年 5 月 20 日　初版第 1 刷発行

著　者　小杉健治

発行者　辻　浩明

発行所　祥伝社

東京都千代田区神田神保町 3-3
〒101-8701
電話　03（3265）2081（販売部）
電話　03（3265）2080（編集部）
電話　03（3265）3622（業務部）
www.shodensha.co.jp

印刷所　萩原印刷
製本所　ナショナル製本
カバーフォーマットデザイン　芥 陽子

Printed in Japan ©2021, Kenji Kosugi ISBN978-4-396-34728-4 C0193

祥伝社文庫の好評既刊

小杉健治
裁きの扉
刑事の失踪、調査員の謎の死――幼稚園の廃園と土地売却に加担する、悪徳弁護士の封印した過去とは？

小杉健治
灰の男㊤
B29を誘導するかのような放火、空襲警報の遅れ――昭和二十年三月十日の東京大空襲は仕組まれたのか⁉

小杉健治
灰の男㊦
愛する者を喪いながら、歩みを続けた昭和の人々への敬意。衝撃の結末が胸を打つ、戦争ミステリーの傑作長編。

小杉健治
偽証(ぎしょう)
誰かを想うとき、人は嘘をつくのかもしれない。下町を舞台に静かな筆致で人の情を描く、傑作ミステリー集。

小杉健治
虚ろ陽(うつろび)
風烈廻り与力・青柳剣一郎㊻

好敵手、出現！　新進気鋭の北町与力水川秋之進の狙いとは――。剣一郎を狡猾な罠が待ち受ける。

小杉健治
蜻蛉(かげろう)の理(ことわり)
風烈廻り与力・青柳剣一郎㊼

罠と知ってなお、探索を止めず。不殺の賊は、なぜ凶賊へと変貌したのか？剣一郎を凄腕の剣客が待ち伏せる。

祥伝社文庫の好評既刊

小杉健治

咲かずの梅

風烈廻り与力・青柳剣一郎㊽

剣一郎に協力する御庭番が死体となり京橋川に浮かんだ！　幕閣も絡む百万石の御家騒動に、剣一郎が斬り込む。

小杉健治

母の祈り

風烈廻り与力・青柳剣一郎㊾

愛が女を、母に、そして鬼にした——。次々と殺害される盗賊一味。驚愕の真相と慈愛に満ちた結末に感涙！

小杉健治

悲恋歌（ひれんか）

風烈廻り与力・青柳剣一郎㊿

「鬼に喰われた」祝言の夜、花嫁が密室から忽然と姿を消し、人々はそう噂した。剣一郎が密室の謎に挑む！

小杉健治

白菊の声

風烈廻り与力・青柳剣一郎㊿①

愛する男の濡れ衣を晴らしてほしい——無実を叫ぶ声は届くか。極刑のときが迫る中、剣一郎は正義を為せるか？

小杉健治

生きてこそ

風烈廻り与力・青柳剣一郎㊿②

言葉を交わした者は絶命する……人を死に誘う〝死神〟の正体は？　剣一郎が世間を揺るがす不穏な噂に挑む。

小杉健治

寝ず身の子

風烈廻り与力・青柳剣一郎㊿③

十年前に盗品を扱った罪で潰され、離散した反物問屋の一家に再び災難が……。復讐劇の裏にある真相を暴く！

〈祥伝社文庫　今月の新刊〉

渡辺裕之
紺碧（こんぺき）の死闘　傭兵代理店・改
反国家主席派の重鎮が忽然と消えた。コロナが蔓延する世界を恐怖に陥れる謀略が……。

安達　瑶
政商　内閣裏官房
政官財の中枢が集う〝迎賓館〟での惨劇。内閣裏官房が暗躍し、相次ぐ自死事件を暴く！

河合莞爾
スノウ・エンジェル
究極の違法薬物〈スノウ・エンジェル〉を抹消せよ。全てを捨てた元刑事が孤軍奮闘す！

南　英男
怪死　警視庁武装捜査班
天下御免の強行捜査チームに最大の難事件！ブラック企業の殺人と現金強奪事件との接点は？

小杉健治
容疑者圏外
夫が運転する現金輸送車が襲われた。共犯を疑われた夫は姿を消し……。一・五億円の行方は？

笹沢左保
取調室　静かなる死闘
完全犯罪を狙う犯人と、アリバイを崩そうとする刑事。取調室で繰り広げられる心理戦！

睦月影郎
大正浅草ミルクホール
未亡人は熱っぽくささやいて――美しい母娘が営む店で、夢の居候生活が幕を開ける！

鳥羽　亮
追討（ついとう）　介錯人・父子斬日譚
兇刃に斃（たお）れた天涯孤独な門弟のため、唐十郎らは草の根わけても敵を討つ！